スカナオ哀歓始末

岡田光能

風媒社

はじめに

新しい年二〇一六年を迎えた。平成二十八年、昭和で言えば九十一年。昭和四年生まれの私は八十七歳、昔流に言えば数え八十八、米寿である。

遠いか、近いか、未知の彼方への出発準備を考えるお年ごろ。人間、生まれ、生きて、死ぬ。消え去る前に自分の生きたしるしを近親者に読んでもらいたくなった。

少年期から三十代の若かりしころ身辺に浮かんでは消えたあれこれを、定年後、異職種の仲間五人による同人誌に載せた、いわば備忘録。

作品中の「標高三千メートルの闇」と「夜汽車に揺られて」は記者生活での忘れえぬ実録、「スカナオ哀歓始末」は人間形成の根っこ——幼・少年期の自分史であり、戦争中の異常な日々のいまだに消えぬ鮮明な記憶である。また「おそれ」は石川県にいたとき半官半民の文芸誌の短編小説部門に入選した創作。

スカナオ哀歓始末◎もくじ

題字◉松岡恵風

標高三千メートルの闇

久しぶりに出席した高校時代の友人から、ひとつ頼まれてくれないかと、頭を下げられた。

「実は、記者歴五年の息子がいるのだが、このごろ小生意気になりおって、畑違いのおれの言うことなんか、聞く耳持たずの態度でねえ。テングになっちまったらつまらん新聞記者で終ってしまうと思うのだ。先輩記者として、何かしゃべってやってほしい。小高君、頼むよ」

「なるほど、親心ってやつか。いい親だよ。あんたは。うん、しゃべることはいく

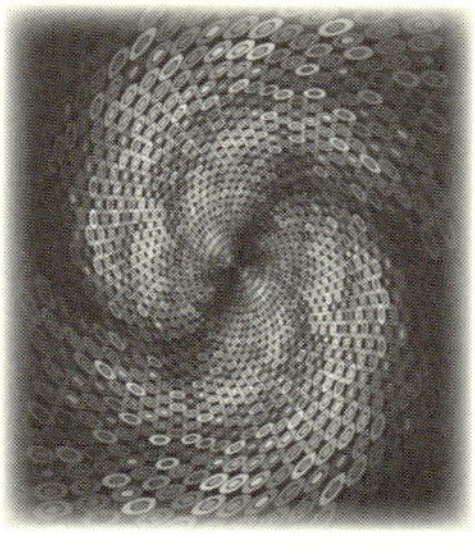

らでもあるが……。しかし、責任重大だね。失望させては、おれや君の評価が下落するだけではすまないからなあ」

小高は定年退職した新聞社で嘱託として、年下の同僚七人とともに、各地のニュースメディアにニュース原稿を速報するリライターをしている。外勤記者出身の彼は、十年ほど続いた管理職のわずらわしさから解放され、自己管理だけしていればよい（記事を書くだけでよい）日々に「適当な緊張感、適当な頭脳労働。結構な健康生活」と、幸せを感じている。もちろん、給与は大幅ダウンで、収入面では幸せとは言えないが、定年後の健康を買ったと思えば、まあまあ、心中のつじつまは合う。

一記者として再出発してみて、小高は、報道の難しさ、何事かを正しく人に伝えることの難しさを改めてかみしめている。怖い、とも思う。

ニューメディアは速報が生命という。しかし、ものによっては、現地からの第一報を右から左へリレーするのを抑え、次報を待った方がよい場合もある。

小学校の教諭が女児を殺して逮捕されたとのフラッシュが入った。ショッキングな事件だ。新聞より早い速報性を売り物にしているといっても、なぜ殺したのか不明のまま流すのはイージーな報じかたではないか。第二報では、教諭（三八）は自分の担任する六年女児をいたずらしようとして抵抗され絞殺。小学校教諭が担任児童を殺害したケースは前例がない……。

午後四時ごろ銀行支店で刃物を持った男が女子行員を傷つけ九百万円奪って逃走。これも取り上げるのを待つ。銀行は午後三時に閉店しているのに、なぜ午後四時の事件発生なのか。次報は、トイレに隠れていた男が閉店後にナイフ強盗……。

「報道の難しさ、怖さを思う」は、小高の、体験に根ざした実感である。その思いには、記者と、新聞、雑誌、テレビなどマスコミ報道への不信感もこびりついている。

さて、何を話そうかと改めて考えると、あれもこれもと浮かんでくる。その中で、これだけは言っておきたいと思うことは……。

記者は事実を客観的に伝える文章の書き手だから没個性であれ。しかし同時に、記者は個性的であれ、ちゃんと自分を出せと言われる。どうしたらいいんだ。それは、何を、どう取り上げるか、だ。

同じ事柄を四人の記者が取材した。

A記者は、数行の記事として提稿。

B記者は、やや詳しく三〇行の記事で紹介。

C記者は、ニュースバリューがあるとして意欲的に話を聞き、六〇行、写真付きで提稿。

D記者は、記事にしなかった。

同じ事柄が四社により四通りの異なる扱われ方をするという例はよくあることだが、各新聞社、各テレビ局がハンコでついたような扱い方をする雪崩れ現象的な一斉報道のケースもある。


そうだ、あれを話そう。話すというより、ぜひ聴いてもらおう。小高は、いつまでも胸にこびりついて離れない苦い体験を思い起こし、それを刻明になぞって伝えることにした。

これは、おれ自身の気持ちの整理のためにも必要なことだと思った。

標高三〇六三メートルの信仰の山、木曽御岳。昭和三十七年十一月六日、この山の頂上近い二ノ池小屋で横たわっている神戸の会社員正木捷（二一）を捜索隊が見つけ、次いで六〇〇メートル程離れた頂上間近の摩利支天東陵、三ノ池付近で名古屋の中部日本放送社員馬場勉（二三）、大野博泰（二二）二人の凍死体を確認した。

二人は帰着予定の四日夕刻になっても帰らず、家族と職場から五日昼に捜索要請が出され、六日朝、警官一、地元の山岳遭難救助隊員六人からなる捜索隊がジープで出発し四合目半から徒歩。午後四時過ぎ、まず正木を発見し、同君から二人が凍死しているると聴き、五時十分ごろ遺体を目にしたのだった。

正木は単独で登山中に二人と遭遇し、同じ場所でビバークしたのだが、二人の死後、二ノ池小屋へ移り、捜索隊に発見されるのを待っていたという。

捜索隊員も、木曽駐在の各社の記者も、三人の若者が同じ場所でビバークしながら、一人が助かり二人が死んだ生死の隔たり、生死を分けたものに注目した。

三人の装備と日程を調べた結果、重装備と軽装備、慎重な行動と無謀な行動の差が浮かび上がった。その差が、とりかえしのつかない生と死の差という痛ましい教訓を残した。

〔正木〕
▽装備　肌着、スポーツウエア、セーター、チョッキ、アノラックを着た上にビニール上衣。下半身もズボン下、厚手のズボン下、この上にビニールズボンをはく。こうしてシュラーフの中へ入り、さらにポンチョをかむっていた。救助された時なお非常食十食分を持っていた。
▽日程　一日夜神戸を出発、二日午後二時三十五分御岳六合目、三時四十分七合目行者小屋のホコラへ着き、一泊。疲れをとったうえ三日朝七時四十分に出発している。長野県側の開田村へ下り、五日夜神戸帰着の予定。
〔馬場、大野〕

▽装備　肌着、スポーツウエア、チョッキ、ジャンパー、ウインドヤッケで、雨ガッパやポンチョ、シュラーフなし。下半身はズボン下とズボンだけで、オーバーズボンは持たない。靴は、一人は登山靴だが一人はキャラバンシューズ（この時季、八合目以上は無理）。二人ともアイゼンなし。食糧は米三合、乾パン二食分と缶詰。防寒具は二人とも毛布一枚と毛のセーターだけ。
▽日程　二日夕刻から四時間余り夜行列車に揺られ、午後十時十分に木曽福島着。すぐタクシーで三岳村黒沢口の三合目半、屋敷野まで走り、直ちに徹夜登山を始める。頂上まで一〇キロ。三日朝ご来光を拝み、同日夕刻までに岐阜県側の濁河温泉に着き一泊、四日夕に名古屋着の予定。

登山経歴は、馬場、大野は二、三度夏山に登っただけで、二人とも冬山の経験はなし。正木は高校時代は山岳部員で、冬山を始めたのは五年前。四年前から毎年アルプスで越冬しており、山で死にかけたことも一度ならずあったという。

結局、名古屋の二人は軽装備、ゆとりのない性急な日程のうえ徹夜登山で体力を消耗し、死ぬべくして死んだといえる。
慎重な登山計画―生
無謀なカミカゼ登山―死
という、きわだって対照的な結果を木曽御岳に刻みつけた。

この時、木曽福島通信局長だった小高は、心ない登山者への警鐘として報道することに使命感を持って取材を進めたのだが、各社の記者の着眼点も同じであった。

小高が取材力を補強するため、各社に秘して捜索隊に同行してもらった木曽山岳会役員の千村重述が、貴重な資料をもたらしてくれた。正木の登山日記である。日記というより、二ノ池小屋で捜索隊を待つ間に一括して書かれた手記で、手帳に記され、人目に触れるのを待つかのように、二ノ池小屋の入口に落ちていたという。

小躍りして受け取り、宝物箱を開くようにページを操る。しかし、読み進むにつれて高ぶっていた気持ちが急速に冷め、不快感がふくれあがった。

「これは、新聞に載せないほうがいいと思う。岳人の冷静な登山記録ではない。自己弁護じゃないか。死者を悪しざまにくさしているのも気になる。同一パーティーの仲間ではなく、山で偶然出逢っただけの他人だったにしても、ちょっと……」

「私もそう思いますが、ほかの社の人たちがなんと言うか。きっと、とびつきますよ」

手帳は、小高が正木から買い取ったものではなく、千村を介して借りたものである。そのさい、手帳のことは各社にも知らせ、用がすみしだい責任をもって返却すると約束させられているのだった。

正木の手記
二日　七合目行者小屋、後五時めし終わる。六時前あすの準備もでき寝ている。ラジオはここまで来て、やっとＮＨＫとどこかの放送が聞こえる。中央アルプス、乗鞍、穂高、まったく美しい。
三日　前六時起床。雪がちらついてきた。七時四〇分出発。八時二〇分、八合目で二人の後につく。変なところにきたので地図を見ると三ノ池の方へ行く道だった。すでにふぶき。三人で三ノ池へきたときは二人ともバテていた。二人とも毛布しかもっておらず、たよりないので二ノ池小屋まで連れていってやろうと思うが、稜線がわからず、ふぶき猛烈でだめ。

二人は前夜から歩き通しでバテている。おれも寒さきびしく、これ以上耐えきれず、ビバークと決める。三〇〇〇メートルの稜線でつらいぜ。指が凍傷にかかった。下半身が冷たい。完全なツェルトさえあれば。

二人はおろおろしてしまって何もできない。三ノ池へ帰るといいながら、おれがビバークといえば一緒にと動かない。何とか二ノ池小屋に行きたい。天候が回復しなくても出るか？　でも今晩はむりだろう。

正午に二ノ池までエサだけ持って出発しかけたが、風強くガス深く、二人遅れる。五分も行くと一人倒れる。万事休す。ビバーク地へひき返す。

ふぶき激し。ポンチョ飛びそう。死をこんなに身近く感じるのは初めて。三ノ池でチンをしていればよかったのに。人情が死を招くとは。やはり死とは悲しい。涙が流れる。ウー、ヤー、みんなむりするな。山で名をあげてもなんにもならない。それよりヨメさんでももらうがいい。おれは山では死なない。タタミの上で死にたいと思っていたのに……。足が寒い。おふくろ、親孝行できずすまん。

泣くだろうな。残る者が悲しいというが、死ぬ方も悲しいよ。若い身空でまだやりたいことがあるのに、ほんとうに泣けてくる。あのヤローどもと会わなければこんなことにはならなかったのに。

シュラーフ、べたべた。すごいふぶきだ。泣いてくれる娘もいず、手をにぎった娘もいない。山、山と山にばかり登ったおれも山で死ぬか。

あの二人、地図も磁石もなくおれまかせ。何とかと思ったが、しかたがない。まだ後三時四〇分。これで四日の昼まですごすか、がんばるか。下半身べたべたで冷たい。無謀といってくれるな。安全と思ってもこんなことになることもある。五時一〇分、暗くなってきた。風はいまが最高と思う。もうなるようにしかならない。

遭難は社会悪だ。世間のみなさん、スミマセン。

四日　まだ衰えぬふぶき。きょう小屋へ逃げなければだめだ。昼にでも晴れるといいが。下半身は凍傷一歩前。三〇〇〇メートルの稜線でビバークなんてむちゃだ。夜どうし二人をたたき起こしていた。

朝がた、きのうからためていた小便がしたくてどうにもならず、ポンチョをめくれば風でまくりあげられるため、手さぐりでナイロンの袋を探しジャアとやり、下の方へ流した。

後九時風激し。彼らはいままでビバーク一度もしたことなし。毛布でビバークはむり。

一〇時三〇分、一人死亡(馬場)。きのうよりふぶき強し。いよいよあぶない。きょう二ノ池へ行っていればよかった。

五日　風強し。心臓弱まる。前七時一人死亡(大野)。すうっと死んでくれればよかったが、ポンチョを引っぱって破って死にゃがる。前三時ごろからポンチョをかせといって、朝まで二人で引っぱり合った。死にぎわの悪いやつだ。

いま後二時。あすの救援隊待ち。きょう行動と思ったが、靴がこちこちではけずダメ。ふぶき。

何が心配といって金だ。オフクロ、家は破産だな。ボーナス三万五千円。預金一万円。家に四千円、はいているズボンに四千九百円ほどある。ウーさん、山友だち全部から三千五百円以上ずつ集めてくれ。中学クラスメート、資金たのむ、

後四時。心臓痛さ激し。やつの足じゃまになり眠れず。こいつがポンチョを離さず、二時間以上けんかした。オフクロにすまぬといってすむことじゃない。アニキ好きだったぜ。救助のみなさんすみません。家がビンボウで充分できません。ゆるせ。会社のみなさん、勝手してすみません。マスコミよ、あまりえげつなく書かないでください。おれは山をあまくみていなかった。

六日　まだ生きている。きょうは晴。二ノ池小屋目の前。しかし靴ははけず。はだしで行きかけたがむり。救援待ち。両手指、凍傷、痛い。

〔手記のあとの状況〕　正木は六日正午ころ、ビバーク地から約六〇〇メートルの二ノ池小屋へ行き、中で火をたき、上がりかまちに腰かけて暖をとっているところを午後四時二〇分ごろ捜索隊に発見された。ビバーク地から小屋までの足跡はまっすぐのび、歩幅もそろっており引きずったり乱れたりしておらず、体力にゆとりのあったことがうかがわれる。両手首のやや上から指先まで凍傷二度、足は凍傷にかかっていなかった。

小高のためらいに一社の記者だけうなずいたが、彼も「本社へ手記のことを連絡したら、そりゃいける。スペースをあけて待っていると大乗り気なんでね」と、気ぜわしそうに写し始めた。

この遭難は、どの新聞も大きな扱いで報じるだろう。自社記事に加え、極限状況の中から生還した遭難当事者の体験手記が添えられることで、おそらく社会面トップになるだろう。だが、大きく扱うべきではないのだ。亡くなった二人の近親者は、二人の死を、無謀な行動により自ら招いた同情の余地のない死ときめつけられても、一言もできず、うなだれるしかない。経験不足による無知が招いた悲劇だ、哀れなやつだと、いくばくかの同情の声をかける者すら、おそらくいないだろう。

正木は英雄視されることになる。愚かに死んでいった者との対比で報道されるからだ。扱い方が大きければ大きいほど、印象は強烈になる。

おれには、彼が賞賛されるような岳人とは思えない。彼の行動が、手記を読んだことで納得できなくなっている。

そう思いながらも小高は、各社と同じような形で送稿を終えた。今日の出来事を今日、限られた時間内に、事実に基づいて記事にしなければならない報道記者としては、これしか仕方がないのだと自分に言い聞かせながら。手記を提稿したのも、各社が取り上げることを知った以上、第一戦の取材記者の立場としてはやむをえなかった。どうしてお前だけ落としたんだと追及されるのがいやでもあった。評価を落としたくなかった。

翌日の紙面は各紙とも申し合わせたように社会面トップ。手記も、要点を抜き書きにして短くしてはあるものの各紙そろって、囲み記事にするなど目立つ扱いで掲載していた。さらに数日後、新聞社発行の二つの週刊誌が派手な見出しをつけて、新聞より詳しく突っ込んだ報道で追いかけた。生還者を英雄視する意図を鮮明にし、もてはやすような扱いである。

小高の胸に、恥ずかしさと怒りがないまぜになって突き上げた。

「小高さん、こういう報道のしかた、まずいですねえ。黙っていようかと思ったんですが、黙っていられなくなりました。正木君は信州大学附属病院を退院して帰る途中、立ち寄ると言っていたのに、電話すらせずに帰ってしまったんです。疑問をぶつけようと待っていたのですよ」

週刊誌を手に駆けつけた千村から〝疑問〟を聞くまでもなく、小高も疑問を抱いていた。直接話しを聞いてみようと病院に紹介したところ、正木は入院していなかったのである。

千村は御岳の冬期登山経験二十回。遭難救助参加十二回、生存者を助けた経験も四回あるベテラン。

千村の疑問

（一）　八合目から三人がたどったコースで、頂上付近三ノ池わきへ出ると必ずつぶれた小屋にぶつかる。つぶれてはいるが風雪をよけることはできる。八合目から三ノ池へ出る途中には難所「クサリ場」もあり、吹雪の悪条件も加わってフラフラになっていたはずなのに、なぜわざわざ稜線を六〇〇メートルも登っていったうえ、さらにひときわ高いピークへ上がってビバークしたのか。

吹雪でも一〇メートルくらいは視界がある。つぶれ小屋は八合目から三ノ池へ登りつめたコースにあるから目に入る。もし気づかなかったとしても、三ノ池に風をよける場所はあるし、二人が目指した岐阜県側濁河の方へ行けば尾根伝い六〇〇メートルで五ノ池小屋がある。正木君が見つけられた二ノ池小屋の方は急な上りコースで、一・三キロもある。

正木君は地図を見て自分の位置、コースを知っているし、正月山行の偵察にきたということだから詳しく地図を見ているはず。なぜコースをはずれて険しいビバーク地の方へいったのか。
（二）　軽装備の二人を「ビバークは無理」「地図も磁石も持っておらず、おれまかせ」とみている。吹雪激しく、装備のできている自分でも危ない、死を身近に感じると言っている。なぜ小屋とは逆の方向へ行き、ビバークしたのだろうか。
（三）　正木君は、二人が「八」の字型に横たわっている中央に寝て、自分の後ろの岩のくぼみに、両君のうちどちらかの毛布をかけて風よけにしている。両君が死亡してから使ったのだろうか。
（四）　ビバーク地のわずか一〇メートルほど下に、六日朝通ったとみられるアイゼン二人分の跡があり、三ノ池へ下っている。正木君がこの二人に気づかなかったのは眠っていたからだろうか。

雑誌系の週刊誌編集部にいる知人に概略を話し、原稿料はいらないから載せてくれないかと打診したが、反応は「固い話だなあ。とにかく、二青年は冬山へ軽装備で行ったんだ。ちゃんとした装備をしていれば死なずにすんだわけだろ。後追いする気になれないね。登場人物、男ばかりの面白味のないお話だな」と、予想外の冷たさであった。

結局、小高の原稿は、岳人を主読者とする月刊誌で日の目を見た。読者数の少ない専門誌のため社会的な反響を呼び起こしそうにないのが不満だったが、編集部が長文の原稿を全文掲載し高い関心を示してくれたことで、小高はこの問題に一つの区切りがついたと思うことにした。

反響はあるにはあった。

木曽警察署が正木に来署を要請したのだ。が、犯罪捜査の容疑者ではないのだから、出頭を命じるわけにはいかない。お願いである。——貴方の体調への配慮から詳しくお話をお聴きすることなく今日にいたっておりますが、もう、健康を回復されたことでしょう。遭難防止の見地から当時の状況をつぶさにおうかがいいたしたく——。

彼は兄に付き添われてやって来た。しかし核心部分をあいまいなまま木曽署から出て行き、それで幕引きとなった。核心部分は彼の心の中にしかなく、それ以外、証拠というものがないのだから、どうしようもない。

もう一つ、遭難と同じころ御岳にいた別のパーティーから、小高の記事を、載せた月刊誌に正木とジャーナリズムを批判する一文が寄せられた。

その要点――。

正木氏の手記については天候その他で納得のいかない点がある。

五日、御岳は明け方から全山晴れ、雲の去来はあったが午前中は好天が続いていた。なぜこの時を利用して二ノ池小屋に入らなかったのか。「風強し、ふぶき」とあるが、そんなはずはない。「午前七時他一名死亡」とあり、眠っていたのではなかろうか。午前三時ごろからカッパの奪い合いをしているのだから、星空も見ているはずである。

ルートの取り方とビバーク地点も、小高氏の記事の指摘される通り不可解である。三ノ池小屋は倒壊してはいたが布団もむき出しのまま散乱しており、これを集めて屋根の下にもぐり込めば、おそらく死ぬことはなかったであろう。三ノ池小屋にいれば登山者に会えたはずである。あの連休には開田口から相当の登山者があった。

六日、私達は頂上小屋を午前七時過ぎ出発、快晴につられて八ミリカメラを回しながら二ノ池―三ノ池を経て開田に下山した。ビバーク付近で十五分、三ノ池で三十分休憩している。小高氏（千村氏）の疑問点（四）にあるトレースはわれわれのものと考えられる。遭難者が気づかなかったのは昏睡状態であったのか。

正木氏の行動は、特にカッパの奪い合いのあった五日の天候と考え合わすとき全く不可解である。

このような手記が二大週刊誌や新聞に大きく掲載されたことは、うなづけない。この若者があたかも冬山のベテランであるかのように取り扱われ、極限状況下で死線を越えた人という間違ったヒロイズムで書かれた記事を発表したことについては、憤りを覚える。

浅薄な手記に対するジャーナリズムの間違った取り扱いが、岳人のあり方に多くの疑問を残す結果となった。この遭難者の手記とその行動が、果して必然性のあったものであるかが問題になるのである。二名の若い生命が失われたという事実においても。

ベテランの岳人からの寄稿は、小高の提起した疑問以上に的確で鋭いものであったが、新聞やテレビは見向きもしなかった。記事に気づかなかったか、気づいても関心を持たなかったかのいずれかだが、メディアが報道しなかったことで、木曽御岳の遭難は世間に波紋を投げかけることなく、たちまち忘れ去られた。

あれから二十九年たってしまった。もう、記憶にとどめているのは、正木君と、馬場、大野両君の家族以外にはいないだろう。

疑問点のある遭難というよりも〝不審な事件〟だったと小高は思う。正木は、悪天候で危険を感じていたのに、なぜ軽装備の、しかも「おれまかせ」の二人を高所へ引っぱって行ったのか。なぜビバークしたのだ。

重装備でも危険を感じていたのなら、軽装備の二人は死ぬかもしれないと判断したはずだ。正木の行動は殺人に等しい。そう書きたかったのである。

しかし証拠がない。

それに、動機は……。

山でひょっこり出逢っただけの間柄だから、二人が正木に怨恨を持たれていたなどという人間関係のもつれはない。

当時も、今も、ここで行き止まりとなるのだが、結局、嫉妬が招いた未必の故意による悲劇ではないか。

正木は家が貧しかったため進学を断念し、高校を出るとすぐ就職した。関西では名の知れた企業だったが、正木自身は工員。後から入社した大学卒の定期採用社員に、身分も給与も追い越される悲哀を胸の奥に秘めていた。馬場も大野もすんなり大学へ進み、卒業後は華やかなテレビ局のエリート社員。

若者同士、登山道を一緒に歩きながら言葉を交わすうち、お互いの素性のアウトラインは、すぐ分かったことだろう。ひけ目を持っていない馬場、大野の方は、ちょっと水を向けられただけであれこれしゃべったかもしれない。派手な登山ルックで格好つけて、ファッションショーじゃあるまいし、なんだこの軽装備は。三〇〇〇メートルの冬山をなんだと思っているんだ。吹雪いてきたじゃないか。死んでしまうぞ。気楽に人生歩いてきた苦労知らずの結構な身分だよ、まったく。親の収入がいいっていうだけで、この差だ。これから先、こいつらとの差は開くばかりだろうな。――二人への軽蔑が嫉妬に変わり、それが、世の恵まれた者たち一般への憎しみを呼んだ。まさか、殺してやるというような積極的な意図はなかっただろう。ちらっと、こんな奴、死ねばいいと思った。それが死神を誘い込んだ。だから、二人と一緒に歩きながら、二人の安全のために行動する努力を放棄してしまった……。

冬山体験のあった正木は、自分はこの装備なら命を失うようなことはないと確信していた。下山予定日を何日か過ぎれば必ず救助隊がくると見通して、予期してじっと待っていたのだ。それは、手帳を人目につきやすいところへ置いていたことからも推測できる。手記に、遭難するに至った事態を岳人として分析し、自己批判する記述がないうえ「マスコミよ、あまりえげつなく書かないでください」と書いていることからは、正木の心象風景、人物像が浮かび上がってくる。

三人の当事者以外、目撃者なし。闇から闇へ葬られた過去の出来事といえよう。だがしかし、当事者の一人が、報道されることを予想して書いた〝まやかしの手記〟を残したことで、この遭難事件は、いつまでも消え去ることのないものとなったのだ。

未必の故意による殺人とは、新聞記事としては書けなかった。報道の限界を思い知らされたという事例を長々としゃべることになる。失望させてしまうだろうか。無意味な懐旧談だろうか。

「やはり、これでいこう。これは、若い記者にバトンタッチしたい、いや、バトンタッチすべき話なのだ」

小高は、そう自己評価することにした。

夜汽車に揺られて

　東海道新幹線の車中にいる。音や振動が、あのころの「汽車」とまるで違う。名古屋―東京二時間の電車と、十時間だった蒸気機関車の機能の違いだが、俺もあのころとはずいぶん変わったものだなと、しみじみ思う。
　傍の女――結婚四十年近い妻とともに東京へ向かっている。孫の顔見たさに、である。結婚前にも、妻以外の女と旅をしたことが二度あった。もちろん、汽車の時代。一度は、別れ話の果て「わたし、親類の家に同居させてもらって新しい生活を始めることにしたの。最後の思い出に、送って行って……」と涙ぐまれ、名古屋から横浜まで九時間、その半ばを満員の乗客に押され立ちつづけの辛い車中だった。夕暮れの街に着き、だだっ広いだらだら下りの道を港へ向かって歩く二人に、もう交わす言葉はなかった。黙々と行く二つの後ろ姿が目に浮かぶ。なぜか後ろ姿なのだ。

もう一度は、横浜とは逆の西、島根県まで車中十八時間の旅。六十四年の人生での異例の旅として、忘れられない。男女を意識してのときめきなしに、出逢いから別れまでの時を過ごした唯一の女との旅。

若い自分の姿がなまなましくよみがえり、回想の中で動き出す。太平洋戦争の敗戦後遺症を色濃く引きずっていた昭和二十年代が、あと一年で終わろうとするころ、俺――小高啓の混沌未熟の時代である。

二十四歳だったか、五だったか……。

1

今日も朝から気分が重い。支局へ顔を出すと、庶務の女子社員が「おはようございます」いつもながらの明るい声とともにお茶をいれてくれる。

各社の新聞に目を通す。前後して出勤した同僚とあいさつを交わし、支局長と、ひとことふたこと、機械的なやりとりをして外へ。さて、御用聞きに行くとするか。〝今日も行く行くサツ回り……。俺は、事件事故を担当する警察回りだものな〟

この憂鬱は、サツ回りがいやになったせいなのか。あの大ポカで自己嫌悪に陥り、サツ回りが恐くなったのか。そう思いたくないが、あの失敗はこたえた。

あの日に限って、警備課を素通りするとは、運が悪過ぎるよ。火薬関係の所管が警備課であることを百も承知していながら、ずるけてしまった自業自得の傷の痛さ。

捜査課や交通課と違って、新聞ダネになる何かがあるのは十日に一度か月に一度。たかをくくって手抜きをしてしまった。ところが、その日は、その何かがあったのだ。

記者室のドアを開けたが、おなじみの顔がひとつもない。おや、珍しいな。そうは思ったのだが、思考がそこから先へ一歩も進まなかった。やっぱり、慢心、マンネリというやつか。でなければバカだ。

署を出て、検察庁、裁判所を回り、なじみの喫茶店でウエートレスと軽口をたたき合って、なんということなく時を過ごす。昼めし。これといった内容もない出勤原稿を二、三本書いたあと、知人と会って退屈しのぎの雑談。

自転車のペダルをぼんやり踏んで支局へ向かう。連絡と提稿のための顔出しである。（当時、支局勤務の記者の足は各社とも自転車だった）

ドアを開けると、支局長がさっと立ち上がって、こちらを見た。その目付きが、朝と違う。同僚のKが夕刊を差し出し、社会面を広げた。

「児童、足が吹っ飛ぶ／○○祭りで1人死亡3人重症／打ち上げ花火の筒割れ」

五段抜きの大見出しが躍り上がり、心臓に突き刺さる。

うわっ。叫びそうになるのを抑え、はじかれたように外へ出た。

これほどのことを、競争紙を見るまで全く知らずにいたとは。しかも、夕刊が配達され、支局のみんなが肝をつぶしているところへ間抜け面を現すとは。

どうしよう、どうすればいいいんだ。

どうしようもないじゃないか。だが、何もしないで放っておくわけにもいかないし……。

後を追って出てきたKが、

「ほうかむりするわけにはいかんよ、な。うちにはうちの読者がいるし、な。僕が後始末をしておくから、小高ちゃん、支局長に怒られてこいよ。本社に頭を下げるのは支局長だ」

そう言って、つっと肩をたたいた。

地獄に仏の助け舟を出してくれたKも、転勤で支局を去った。後任は三つ年上で、警察回りは経験ずみだからと、俺の担当に変化はない。

石の上にも三年というが、俺もうサツ回りは、三年を過ぎた。市政記者をしていたKは、新任地では県政記者に昇格して張り切っているという。俺は、駆け出し第一ハードルのサツ回りのまま低迷している。

記者として、まだまだ未熟であると自覚しているし、事件記者そのものを軽視しているのでもない。支局の事件記者の置かれている立場に不満があるのだ。

新聞社では、支局は県内ニュース、地域情報や話題を提供する地方版をつくるのが本務で、事件記者もその役割を担っているから、その分、専門分野の活動に制約を受けることになる。よその支局の管内の事件、ましてや県外の事件や事故の取材に出掛けるわけにはいかない。担当地域外の事件を掘り下げてみたいと関心を持っても、本社から指名されない限り行動できないのだ。本社社会部の警察・司法担当のようにはいかない中途半端な記者。

だが、それが憂鬱のすべてではなく、幾つか重なり合っているようだ。自己点検して問題を整理してみるか。少しは気分が軽くなるかもしれない。

「何かありませんか」と役所を巡回する、御用聞きのような取材方法をやめてしまうわけにはいかない現実。「教えなきゃならん義務はないんだが」などと嫌みや恩着せをぶつけられる屈辱感。

同僚が三年の間に三人転勤、新人が三人来たのに、ポジションは相変わらず。支局長にも本社にも期待されていないのではないかという不満、不安。

花火事故での失点ショック後遺症。

肩書きは記者でも、自分が書きたい、書いてみたいと思うことを書けないもどかしさ。人物インタビュー、人間紹介、それにニュースの内側にスポットを当ててみたい。声なき声を代弁してアピールしたい。文化・芸能情報も書いてみたい。

書きたい記事を書くには、自分で新聞か雑誌を発行するのが早道だろうが、そうはいかない。となると、本社の編集委員か、地方版を統括する支局長になって、少しでも自分を出せる企画を紙面化することかな。しかし、そういう立場になることができなければ……。

おいおい、仕事のことをあれこれ並べているが、それだけなのか。ほかに、まだあるだろう、仕事以外のことが。それが、日々を張り合いのないものにしているのではないか。

2

署に着き、ドアを押したのを機に気持ちが切り替わる。意識が前へ前へと動き出す。玄関を入ってすぐの、一階にある防犯課の中をガラス越しにチラッと見て、足を止めた。十四、五歳の少女が、泣いているようだ。そっと部屋に入る。少女は靴をはいていない。泣きじゃくりながら、何事か訴えるように話している。

「どうしたの？」

小声で課長に聞く。

「おお、小高ちゃんか。うん、ちょっとほかを回ってから寄ってみてよ」

捜査課で、うまの合う巡査部長と雑談を交わし、次長席の前に座り込んだあと防犯課へ戻ると、課長が目顔でそばへ来るよう合図した。少女は隅の方で、年輩の係長とぼそぼそやりとりしている。

「あの子なあ、ほら、ここから十分ぐらいに、本町の大通りからちょっと入った、飲食店や飲み屋が七、八軒並んどるところ知っとるだろ。そこの飲食店M屋から逃げ出してきたんだ。二階の小座敷に酒、肴を持って行くと、中年の客におしゃくをさせられ、そのうち男は抱きついてきた。必死にもがいて窓の外へ脱出してだな、ひさしから庭へ飛びおり、無我夢中で署まで走ってきたというんだ」

「ふうん。だから、はだしなのか。どうして、こんな子がM屋にいたのだろう」

「今年、中学を出てすぐ、集団就職で島根県からきた子でね、紡績工場で働いていた。会社の寮から工場へ通っていたのだが、いやになり、住み込み店員募集の貼り紙を見てM屋に入ったということらしい。店へ戻る気は全くない。主人の顔は見るのもいやだと言っている」

「じゃあ、とりあえず島根へ帰るか、新しい働き口を探すしかないわけだ。課長、どこか探してやりなさいよ」

「とにかく、主人を夕方呼んで事情を聞いたり、親に連絡をとって話し合わねばならん」

「夕方、また来ますから、続きを聞かせてください」

（太平洋戦争後、昔ながらの公娼制度、遊郭は廃止されはしたが昭和三十三年まで売春防止法はなく、同じ一郭が特殊飲食店街となって、女性の自由意志による営業を建前に生き続けていた。人々はここを、赤線地帯と呼んだ。これに対し、飲食店許可だけで特飲店同様の営業を半ば公然としていた店が、別の地域で軒を連らね、青線地帯と呼ばれていた。ほかに、町なかに埋没して秘密営業する店もあったが、それは、

当時も今も変わりない）

少女がいた店の主人は、売春を兼業にしていたのかもしれない。そうでないとしても、飲食店の看板で飲み屋を営み、十五歳の少女を酒席にはべらしたのは違法である。だが、M屋の主人は逮捕までに至らず、少女を手放すことを二つ返事で承知した。

ほぼ予想通りの結果だったが、予想外の問題が残った。

少女はM屋に住み込んでから、洋服や靴などの身の回りの物を買ってもらっているほか、いくばくかの金を借りていた。給料はまるまる受け取っており、前借りでしばるという形にはなっていない。主人は、物品については餞別代わりにするが、貸した金は返してもらいたいと言っているという。

「払わないわけにもいかんからねえ。親元へ連絡とるにはとったのだが、あちらの警察経由でワンクッションおいているせいか、話しが煮え切らなくてねえ」

（一般家庭のほとんどに電話がなかった時代である。どこの家とも簡単に電話で直接対話できる今とは、事情が違う）

金額を聞いた瞬間、俺が払おうと決めた。月給の半分程度だ。払おう。

「その分、僕が出します。いけないかな」

「なんだって？　いけないことはないが……」

「すぐ持ってきますから、だれかあの子に付き添って返しに行って下さい」

「おい、いいのかい、小高ちゃん」

課長が、傍らの係長の顔と、突っ立ったまま話している俺の顔を交互に見て、驚いたような照れくさいような、複雑な表情を浮かべてつぶやく。

問題は、もう一つあった。

少女は、集団就職で来たきり、島根へ帰っていない。人まかせで来たので、一人では心細くて帰れない。旅費もないという。

ならば、親が来て当然じゃないか。なぜ、来ないのだろう。あの子は親に連絡をとったのか。

「課長、僕が送って行きますよ。仕方がないや。乗りかかった船ですからね。中途半端で放り出すわけにはいかないでしょう。休暇をとって、行ってきますわ」

あれこれ考えるより早く、口が開いて事を決定づけてしまう。若い時だけ発揮できる単純直截な行動力でもあり、おっちょこちょいの性格によるものかもしれない。いや、そうするように俺を動かした地下のマグマともいえるものがあったのだ。それは俺にとりついていた「憂欝」である。

(M屋の主人の記憶は全くない。顔も体形も年格好も、何も覚えていない。警察を介して話がつき直接会うことはなかったからだろう。少女ははっきり思い浮かべることができる。大柄でやや肥満ぎみの豊満な体の上に、十五歳の年相応の童顔が乗っかっていた。おかっぱあたま、丸まるした顔、おびえや悩みの陰影のない、つぶらな目。口数は少ないが言葉の端々に、防犯課の片隅で泣いていた可憐なイメージとは異質の、神経のタフさがちらつく)

少女は防犯課で一日保護してもらい、翌日出発することになった。

出発の日、課長に念を押した。

「うちの支局の者にも各社にも内緒ですからね。誰にも話さないよう、お願いします。笑われるか、変に勘繰られて白い目で見られるか、どちらかでしょうからねえ。頼みます」

「よし、わかった。安心しな。それでなあ、小高ちゃんよ、これ、わしらからの餞別だ。受けとってくれ」

「えっ。そりゃあ、ちょっと……」

「つまり、その、あんたの心意気に感じてな。寸志、寸志。中は少ないよ。気にせんようにな」

受けとった餞別の袋は三つ。課長と次長、それに署長からだった。胸が熱くなった。


少女の顔ははっきり思い出せるのに、十八時間の車中、何を話し合ったか会話の記憶がない。お互い、言葉少なかったからだろう。十五歳の彼女にとって、十歳年上の男はおじさんで、何を、どう話してよいかわからず、戸惑うばかりだったろうし、俺にとって彼女は島根へ送り届けるだけの人。女の魅力を感じていたら、言葉数は多かったはずである。ほとんど本を読むか眠るかして過ごした、そんな場面が浮かんでくる。

国鉄東海道本線で京都まで行き、山陰本線に乗り換え。ここからは山陰本線一本なのに、福知山と米子で列車乗り換えとなり、早朝、目的地の出雲へ着く。夜汽車に揺られ、煤煙を身に染みつかせ、車中泊の疲れを引きずりながらも、安堵感で顔がほころんだ。

駅前の食堂で朝めしをとり、タクシーで少女の家へ走り、それで終わりとなる。帰りはのびのびと一人で、ご苦労さん酒をちびちびやりながら汽車まかせ。もう一日休みをもらい、大阪か京都で途中下車しようか。

3

少女の家に着いて終わりのはずが、そうはいかなかった。

めざす家は農家だった。玄関口の戸を開けて一歩入ると土間。あいさつして要件を述べ、少女を押しやるようにしたとたん、父親らしい作業衣の人物から、耳を疑うような言葉が飛び出した。

「家へ入れるわけにはいかん」

何を言われたのか理解できず、一瞬、頭の中に混乱が渦巻いた。

「ええっ、どういうことですか。娘さんは……」

堅い表情で父親らしい人物の横に坐っていた母親らしい中年女性が、無表情のまま口を開いた。

「二人とも、出て行ってくれや」

後には、少女の祖父と祖母らしい男女が並び、無言で見つめている。四人の強い拒絶の意志が冷たい空気の壁となって、立ちはだかっているようだ。

「この子は、ここの子なんでしょう」

「……」

返事がない。

取りつく島がないとは、このことだ。どうしよう。何か言いかけた少女も押し黙ってしまい、うつむいたきりだ。

居たたまれずに、少女の手をとって外へ出る。さて、どうしたものか。明後日は出勤しなければならない。できれば今日、遅くも明日中には帰り着きたいのに、困った。

これでは帰るに帰れず、かといって、話しがつくまで居続けるわけにもいかない。

なぜ、この子と俺は門前払いされたのだろう。不思議だ。

「おかしな人だねえ。お父さんもお母さんも。君まで追い出すなんて、わけがわからん。君は、どう思う」

問いかけたが「わからない」のひとことが返ってきただけである。

仕方がない。出雲署へ行って頼んでみよう。

署員と部外者を隔てるカウンターをはさんで、事情を説明しなければならないのがもどかしかったが、警察回りをしているおかげで気後れせずに、滑らかに話を進められた。

応対の警察官が替わるにつれて階級が上がり、態度が和らかく鄭重になっていく。

「署長に連絡をとりましたら、お会いしたいと言っておりますので、どうぞこちらでお待ち下さい。五、六分で参ると思います」

警部の階級章を付けた三人目の警察官がカウンター内へ招じ入れ、署長室へ伴った。

署長は穏やかな性格が、温顔と物静かな話しぶりににじむ人物だったので、ほっと緊張がほぐれ、出された日本茶をおいしく飲む。

「いやあ、ずいぶん親切な方ですなあ。わかりました。この子の家へ、あす行くことにしましょうか。まあ、今日はゆっくりして下さい。ところで、失礼ですが、小高さんのところの新聞社をよく知らないのでお聞きするのですが、中央新聞とプロ野球の中央ドラゴンズは、何か関係あるんですか」

「ええ、あります。親会社と子会社。読売りタイムズとキングスターの関係と同じです」

「新聞が配達されている区域といいますか、支局のあるところは」

「関東から中部、関西の二十都府県です。残念ながら、島根県はゼロですが」

「社長さんは、なんとおっしゃいましたかね」

「M……です。この名刺のO支局の支局長はT……といいます。支局のあるO市は徳川家康の生誕地なんです。市内の公園に産湯の井戸がありましてね」

「小高さんは、何を担当しておいでで」

「僕、警察回りなんですよ。O警察署はですねえ……」

ははあ、そうか。俺が名刺の肩書通りの人間かどうか、見極めようとしている。これは口頭試問だなと気づいた。しかし、腹は立たなかった。

署長は得心がいくと、いっそうやさしく鄭重になった。

署長室に昼食の出前をとってご馳走してくれる。休憩後は署の乗用車に俺と少女を乗せ、署長が案内役となって、出雲大社をはじめ、数カ所の観光地巡り。同行の署員が何枚も記念写真を撮ってくれた。

それだけではない、その夜は少女と二人、署長官舎に宿泊することになったのである。門前払いもショックだったが、この破格の接待も、俺をおろおろさせた。もちろん、感謝も喜びもひとしおである。しかし、こんなにしてもらうほどのことはしていないという自覚があるので、気恥ずかしく、居心地が悪い。

翌朝、事態はあっさり解決した。

今度は居間へ上げてもらえ、両親、祖父母から頭を下げられたのである。

署長が口上を述べ、俺の横に坐っていた少女が両親の両脇へ移り、目的は達せられた。しかし両親は寡黙で笑顔もほとんどなく、こちらも格別話すことはないので座は白けがちだった。

とにかく、無事終了で気分はすっきり。さあ、早く帰ろう。

少女の家族が俺をかたくなに拒絶したのは、娘に取りついてよからぬことを企んでいるやくざが、親切な人を装って乗り込んできたに違いないと誤解し、恐れたかららしい。らしい、というのは、両親がそう言ったのではなく、署長からそう聞かされたからである。そうだろうと思う。しかし、彼女の親のどちらからも、俺への非礼を詫びたり釈明する言葉は一言も発せられなかった。


数日後、少女から手紙が届いた。はがきに鉛筆書きの、太くふぞろいの文字がたどたどしく謝意をつづり、その中に「小高さんは私の神様」とある。

追いかけるようにして署長からの封書が届いた。封を切ると、新聞の切り抜きが出てきた。見出しを見て息が止まった。なんだ、これは。「東海から少女を送り届ける／善行の主は青年記者」――この俺が美談の主人公として新聞ダネになっているではないか。写真まで載っている。少女を中にして署長と並んでいるこの写真、出雲大社の拝殿前で記念写真にと署長が署員に撮らせた一枚だ。

その写真と手紙も入っており、記者室で各社にニュースとして披露させていただきました、とある。

書き屋が書かれる立場になるとは、おかしなことになったものだ。さらし者になったようで顔が火照る。

三種の新聞の切り抜きのうち、一つは島根地方だけのローカル紙で、全国紙二紙は県内版扱いだったから、支局長や本社に知られるようなことは、まずあるまいと思われるのが救いだった。

4

ひかりは、快調に疾走し続けている。隣席の妻は、表情をなくした顔をやや上向きにしたまま軽く寝息を反復させ、眠りの世界を漂っている。さまざまな感情の渦から解放された、つかの間の忘我のひとときである。

いま、静岡あたりか。しかしSLの、時にはあえぐように、時に誇らしげに、人間くさい呼吸をしながら走る無器用そうな、泥臭い姿はいいなあ。

――あの時、署長にもてなされて心苦しくなり、美談報道に羞恥を感じたのには理由があった。

あれは、あの少女のためだけでなく、自分のためにしたいことでもあったのだ。

自分の、何のために。

とりついて離れようとしない憂鬱から、しばし逃れたかった。何かに集中することが、憂鬱を振り払うきっかけにならないものだろうかと、殊更に自分を駆り立てたのだった。

願いごとの実現を祈りに社寺へ出掛ける、願かけ参りと同じような行動だった。

少女を送り届けて二カ月ほどたった日の昼過ぎ、O市の中心街を、少女が歩いているのを見た。歩道の向こう側とこちら側を、すれ違う形だった。

あれっ、なぜここにいるのだろうかといぶかり、凝視した。視線を感じたような夕イミングで彼女もこちらに目を向け、俺に気づいて表情を変えた。

しかし、それだけだった。俺も、そして彼女も、方向を変えずにすたすた歩き、あっという間に、人波にのまれてしまった。

なぜ戻ってきたのだ。ここにいながら、電話もかけてこないのは、俺を避けていることにほかならない。なぜ避けなければならないのだ。

親許に居られない事情があったのか。それとも、あの親は娘を持てあましていたのだろうか。

彼女のあどけない童顔の裏に、意外なしたたかさが隠されていたとみるのは、サツ回り記者のいとわしい勘繰りか。

でも、もうどうでもよい。済んだことなのだと、彼女との関わりを避けようとする感情が働いたことを白状しなければならない。その日を境に、彼女の残像は干涸びてしまった。

以降、彼女からの音信は全くない。

あの日、出雲からの退屈な帰りの車中で、複数の女の顔を繰返し思い浮かべていた。失恋した女の顔、いま恋心を抱いている片思いの女、幾人もの顔が入れ替わり去来する。しかし、胸は熱くならない。

「憂欝」の原因は、仕事のこと以外に、もう一つあった。恋人がいない寂しさ、むなしさである。身近に、十代半ばから女性にもて続けている兄と友人がいて、羨望と嫉妬を感じさせられ、劣等感にとりつかれた重苦しい時期でもあったのだ。

その翌年、憂欝の季節はやっと去った。

転勤してポジションが変わり、転勤を機会に結婚したのである。もちろん、だから人生バラ色となり歓喜の季節が始まったというほど、色鮮やかに一変するはずもないが、まといついていた重苦しいものからは解放された。

今は出雲まで六時間もあれば行けるだろうし、列車本数も増えている。運行が少なく、満員が常識となっていた時代、青切符を奮発したことも忘れられない。若い俺には初めてのぜいたくな汽車旅行だった。あのころは、白色の乗車券の一等車、青色乗車券の二等車、それに薄い赤色乗車券の三等車と三段階に分かれていたのが懐かしく思い出される。

それと、島根県の方言が東北地方と同じズーズー弁であることを知ったこと。後年、松本清張の話題作「砂の器」に出てくる、東北と島根の言葉の類似点が事件解決への糸口になるというくだりを、納得を持って読んだ。清張の博識とドラマ展開のうまさに、改めて打たれたっけ。

回想が回想を呼ぶうち、ひょっこり、恥ずかしい忘れ物を思い出した。餞別をくれたO署の署長、次長、課長の三人にお土産を買うのを忘れて帰ったような気がする。何を買ったかの記憶がないのだから、手ぶらで帰ったに違いない。失礼をしてしまった。署長、次長は既に亡く、課長が存命しているだけ。その課長は今、八十代のはずである。いまだに賀状のやりとりをしているが、ここ二十年ほどは面談の機会を持っていない。折りをみて、お宅を訪問しようか。

多情多感だったころの我が青春グラフィティーの一コマ。――十五歳の少女も、今は五十四歳のおばさんである。どこかで、たくましく生きているような気がする。

おそれ

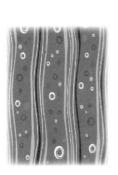

1

ちょいちょい見かけるたび、あんな娘と気安く口をきけるようになりたいものだ。できることなら恋人に……と強く印象に焼きつけていただけに、小高は、会社の窓の下を行く彼女を目にして、思わずかたわらの野田にはずんだ声で言った。

「おい、あのこすてきじゃないか。あのプロポーションで、あのマスク、歩きかたもさっそうとしていて、美しい」

彼女を礼賛するというより、ひとにもすばらしいと言わせて、ひそかな自己満足に

浸ろうとする意識がうごいた。ところが野田は
「お前、そんなに気にいったのなら紹介してやろうか」

ことともなげに言ってのけ、愉快そうに彼女の後ろ姿を見送っている。小高は、こいつおれをからかっているか、ホラを吹いているのだろうと、顔を見なおした。しかし、野田の言うことなら案外本当だろうとも思われた。そう思うと、胸の中をすっかり見すかされたようで面映ゆくなり、確かめるようなつもりで、ことさら元気よくだめ押しした。

「ほんとかい。たのむ。約束できるか」

「よし、彼女の勤めが終わったら喫茶店に誘おう。五時半にDにこいよ」

話がうますぎると、いくらか不安だったが、約束はあざやかに果たされた。

見るだけの、遠い別世界の存在だった彼女が目の前で矢藤愛子です、よろしくと名のってにこやかに談笑し、やがてまことに自然に小高さんと呼びかけてくると、自分が呼ばれているのではないような錯覚にとらわれた。うれしさがくすぐられるような快感となってこみ上げてくる。愛子は銀行員だった。

小高は二十九歳。数えどし三十一で、誕生日がくれば、若者であることの看板のような〝はたち代〟から締め出されてしまう。だれからも、まじめな男と見られている実直なサラリーマンであったが、彼は同年輩の幾人かが妻と呼ぶ女性と共同生活を営み、何となく安定した雰囲気を発散しているのがうらやましくてならなかった。いまだに想い想われる愛人の一人も獲得できないでいる自分が情けなく、ときどき、いらいらする焦りをもてあました。

朝出勤して、机に向かって機械的に一日を過ごし、退社する。そして、映画へ行くかスナックへ行くかして、風呂に入り、テレビを見たり寝床で雑誌を読んだりして眠る。たったこれだけの、何の変哲もない日々の繰り返し。休日がきてもからだのやり場に困る。毎日わびしさ、むなしさがつきまとった。セクシーサービスが売り物の風俗店へ出かけて女の体臭に触れても、所詮、彼の求める心と心の触れ合いにはほど遠く、帰途はきまって倍する空虚と、にがにがしい悔恨にとらわれた。

結婚三年目の友人が「君、何といっても独身時代はいいよ。君も結婚すりゃわかるが、味気なくて厳しいものさ。欠点ばかり目について、幻滅。おれはどんな女と一緒になろうか。おれの女房になるのはどんな娘かしらという夢があるのは、偉大な財産だ」と述懐するのを聞いても、慰めようとしているのだ、おれは哀れまれているようだと感じてしまうひがみが先にたった。

適当にガールハントして、若さを大いに楽しんでおくさと言われても、その相手のできないのがたまらなく寂しかった。享楽するといっても彼の性格では、反省や抵抗を意識せずに適当に楽しめそうになかったし、サラリーのことを思うと、あそび心も萎縮してしまった。

彼にとって矢藤愛子が生活の一部として登場したという事実は、まったく歓ばしき大事件であった。

2

小高は毎日電話した。毎日顔を見たかったが、三日か四日に一度しか会ってもらえず、物足りなさにつきまとわれた。会えばいつも愛子はあふれるように笑みかけ、うるんだ目で見つめてくれた。彼女の話題は単調で、人間的な深みは感じられなかったが、彼の心は熱くなる一方だった。

ある日同僚の一人がにやにやしながら、女のこから電話だぞととりついだ。

「小高さん。私、わかる。きょう会ってくださらない、ぜひお話ししたいことがあるの」

愛子だった。彼女の方からは一度も電話してきたことはなかったし、ぜひ話したいことがあるという改まった口ぶりだけに、歓びと期待で胸がわくわくした。

愛子は小高が近寄ると、待ちかねたように、

「私、ご相談して、ご意見をお聞きしたいのです」

と、何か思いつめた面持ちで話しかけてきた。絶対に口外しないようにと念を押し、しばらく言いにくそうにもじもじしてから
「実は私、野田さんにお金をご用立てしてあるのですが、もう半年になるのに返して下さらないのよ。一カ月という約束だったのに」

「なんですって。あいつがねぇ。で、いったい額はいくらなんです」

「五十万円なの」

「五十万円とは、大金じゃないですか」

「それでね。小高さん、どうお思いかしら。何度も催促したんだけど、このごろ、野田さんてこう言うのよ。金を返してしまうと、君と僕との間のつながりが切れてしまうような気がする。それがおそろしいって言うんです」

「そんな、ばかな、詭弁ですよ。とんでもないやつだ。言いのがれだ」

「ええ。でもねえ……」

「よし。ハッキリ言ってやる」

「でも、それはやめて下さい。お約束したでしょ、絶対に口外しないって」

「しかし、こいつは黙っていられない問題ですよ」

「でも、黙っていて下さらないと、困るわ」

彼女は、目を伏せ、狼狽の入り混じった複雑な表情で、

「どうしたらいいかしら。結局、もうしばらく待ってみるよりしかたないわね」

「どうしたらいいって、そりゃ、愛ちゃんが口外するなって言うし、待つと言うのだから……」

〝ぜひお話ししたいこと〟はこれ以外になく、彼女はしらじらしいもどかしさを与えただけで、帰っていった。

彼女の口から、もっと甘い何かがきり出されるものと思い描いていた期待が消えたあとに、野田への憤りと嫉妬がわき上がった。愛子をまるめこんでいるずるさに対する憤りと、すでに半年も前に愛子から金を借り出せる仲になっていることへの嫉妬とがからみ合って、小高を苦しめた。第三者に相談をもちかけておきながら、なお待ってみる、絶対口外しないでと思い返す愛子の心の揺れにも嫉妬せずにはいられなかった。

第三者に話し、火をつけておきながら、自らの手で消そうとする矛盾を、おかしいと感じるゆとりはなかった。

野田に対する嫉妬は、羨望に近いものと言える。彼ほど女の心になめらかに入っていける男は、そういうものではないと思う。美男子ではないにしても、一緒に歩く女の虚栄心をある程度満たす容姿に恵まれていたし、いつも神経のゆき届いた気のきいた服装をしている。ダンディーな印象に加えて、話のもっていきかたがいかにも自然で、適当に甘い。たいていの男が焦って突進するところを、彼は一服してわき見している。そしてこの時というチャンスを逃さずささやきかけ、二歩も三歩も引っぱっていってしまう。例えば、これはとめざす娘を海へ誘う時も、いきなりむき出しに海へ行きませんかとは言わない。彼女のそばで彼女以外のものと海の話を始め、いつとはなしに彼女も話の中へひき入れる。何千メートル泳いだといった遠泳の話から、ヨットで海をすべる痛快さ、サーフィンの失敗談、キャンプの愉快さと話題をはずませ、そうそう、仲間にすてきなキャンピングカーを持っているのがいる。あれはいいよ。あれを使わせてもらおう。だれか一緒に行かないかい、といった調子である。洋画を話題にする時も、映画の題名を横文字の原名でしか言わない。

彼女への関心と情熱を小出しにし、彼女が自分に関心を持ち、やがて好感を抱き始めても、決して彼女以上の関心を見せようとしない。要所、要所、自在に使い分ける笑い声やムーディーな会話と、柔らかな物腰。そして、そういったスマートさの裏に、ちらっとひそむ突っ放すような非情さ。——それらは真似ようとしても真似られない彼自身の才能というほかないようだ。彼以外の者が同じように試みても、歯の浮くような気ざっぽさや、こっけいで泥くさい印象しか与えることはできないだろう。

未婚女性にも人妻にも、プライドが高そうで近寄りがたい女にも、男ずれしたホステスにも、すぐに好かれてしまう野田に小高は、何度も感嘆されられてきた。

小高は、愛子を野田に紹介された三、四カ月前、何度目かの失恋の悲哀を味わっている。相手はレストランの従業員だった。店主の縁故の田舎から出てきた娘で、素朴な清潔感を漂わせる、ぽっちゃりした丸顔がかわいい十九歳。二皮瞼の大きな目はやさしげで、時として寂しげな影もほの見え、視線が合うと胸がどきどきした。食事の味やメニューなどどうでもよく、彼女の顔みたさに毎日足を運んだ。昼と夜、一日二度出かけることもあった。だが、たちまち話題に窮し、何を、どうしゃべったものか困惑。でも、毎日出かけずにはいられないという、切ない思いを抱いて立ち往生する状態がしばらく続いた。

だから、彼女が盲腸炎で入院したと聞いて、チャンスだと秘かに喜んだ。見舞いに行くことで新たな展開が生じるかもしれないと期待したのだった。さむざむとした病室のたたずまい。花束を持ってきてよかった。しかし花瓶がない。これもチャンスだと小高は思った。花瓶を買ってとってかえし、花を入れて水を注いでいると、想像もつかないことが起きた。向こうを向いて眠っているとばかり思っていた彼女が、くるりと顔を回して「ずいぶんうるさい人だわね。帰ってちょうだい」と怒声を発したのである。眠っているようだから目覚めさせてはいけないと、言葉もかけずに静かに事を運んだのだが……。眠ってはいなかったのだ。頭の中を混乱が渦巻き、絶句したまま病室を後にした。小高のこの恋は、それで終わった。うるさい人のレッテルを貼られて傷ついた小高には、彼女のデリケートな心理を分析するゆとりはなかったし、ゆとりがあったとしても、女心の裏表を推し量ることなど彼にはとうていできなかった。

愛子は今では、小高の心の傷を癒す特効薬の役割を果たす存在となっていた。

3

いったい、愛子はなんのためにおれに打ち明けたのだろう。相談相手の意見を聞き入れず、結局、待ってみるよりしかたがないなどと自問自答しただけで、そそくさと去っていった彼女の気持ちがわからない。ひょっとして、おれの気をひくためではなかったろうか。おれへのより深い接近を意味するものかもしれないなどと、希望的観測をしてもみた。

野田は、

「どうだい、そのご愛ちゃんは。小高さんて、いい方ねぇと言っていたぜ」

と喜ばせてみたり

「愛ちゃんならわるくないじゃないか。どうだい、ここらでふんぎりをつけては」

と真顔で強調したりした。

小高は、お前は五十万円の手前、調子のいいこと言っているのじゃないのかとまぜっ返したい衝動にかられたが、愛子との約束を踏みにじってはと押しころした。

一週間、二週間とたつにつれて愛子の表情に媚びが現われ、小高の話を聞く態度に熱意が加わっていった。デートにも気軽に応じて、彼女の方からもあれこれと話題を提供するようになった。小高にとって五十万円の件は、もはや問題にする必要のないこととなった。彼女が自分に好意を抱き始めたと思われ、すっかりうれしくなったからである。

彼女の方からも、三日に一度は電話してくるようになり、通話内容も活気をおびていった。同僚たちからも、おい、華燭の典はいつだとからかわれるようになった。もちろんまだ結婚を現実のこととして考えるのは早過ぎる。早とちりして、また失恋するようなことになっては惨めだからなと自戒しつつも、つい笑みが浮かんだ。

そんなある日、小高は愛子から五十万円貸して欲しいと懇願された。実は、野田に貸した五十万円は自分の勤める銀行から借りたもので、返済期限はとっくに切れており、職員貸し出しで一般より低利とはいえ既に何万円か利子を払っているというのである。そして下を向いて

「このこと、野田さんに黙っていてね」

と付け加えた。

そんなにしてまであんな男に、と不快になったが、小高には、むげに断ることのできない感情が芽生えていた。

「うん、考えてみる。でも、ちょっと待ってよね」

「ほんとにすみません。こんな厚かましいことお願いして。私、毎月お給料から分割払いしますから」

一人になると、甘過ぎたかなと、かすかな後悔が胸につかえた。おれは愛子と結婚することになるかもしれないという予感がかすめたが、なぜか、わくわくするような歓びは伴わなかった。

翌日、野田の顔を見ると、小高は急にむかむかしてきた。おれが五十万円を背負いこむことになったのは、こいつのせいなのだ。元凶のこいつが一円も出すことなく涼しい顔をしていられるというのは、ばかげている。野田のしていることは詐欺行為と変わらないじゃないか。

昼休みに、野田が前夜マージャンで満貫をものにしたいきさつを吹聴しているのを小耳にはさむと、がまんならなくなった。

「おい、ちょっと」

屋上へ連れ出した。ずいぶん破廉恥なやつだなと頭からきめつけておいて、さんざん罵倒し、おれが彼女に金を都合するからには、今後はおれが相手だ。なんなら社の経理に事情を話して、月給から天引きしてもらってやろうかと釘をさした。言いたいだけ言ってしまうと、彼に対してめったに味わったことがない優越感がわき上がった。

「なんだって。愛子がそんなことを言ったのか」

「なに？」

「おれが、金を返すと愛子と縁が切れることになるからおそろしいと言ったって……。金を借りたことは認めるよ。だが、返済を引き延ばす口実に、そんな子供だましの弁解をするほど卑劣な男じゃないぞ。ばかばかしい」

「じゃ、彼女がでたらめを言ったというのか」

「そうさ。なんなら対決してもいい」

「そうすると、話が変じゃないか」

「変もなにも、ひどいでたらめを言ったもんだな。すぐにわかることなのに」

「……」

勝利の快感が崩れ出し、混迷に、そして羞恥と狼狽に入れ替わろうとしていた。野田の言っていることは本当かもしれないぞ……。

「おそろしいと言ったのは、そりゃ愛子の方だよ。野田さんの役に立てるのはうれしいって、喜んで貸してくれたんだ。貸借関係がなくなってしまうと、二人の間のつながりが切れてしまうようで、そう考えるとおそろしいと、彼女が言ったのだぜ」

「ふうん。いったい、なんだってそんな……。しかし、どっちみちお前は金を借りているのだから、早くなんとかすることだな、そうすればとやかく言われることはないのだ。それにしても、お前の言うことが本当だとしたら、ひどい女だな」

力ない声でつぶやく小高を、野田は気の毒そうに見つめた。寂しい、おそろしいと言ったのは愛子の方だよ。役に立てるのはうれしいと言って喜んで貸してくれた……。

冷笑まじりの言葉に、小高はグサリと突き刺されたようなショックを覚えた。

「小高、お前はいいやつだよ。まったく。おれは破廉恥なワルさ。だがな、君も自分を見直さなくっちゃな。ひとつ言わせてもらおうか。君はまじめで几帳面で曲がったことはしない。しかし隙がなさ過ぎる。息苦しい。端的に言えば、もう少し不良になるんだな。そうなれば人間として男として、面白味も出てくる。まじめで正しくても、それは女にもてる魅力とは無関係な場合が多いということを、知るべきだ。」

何か言い返さなければと努めたが、言葉にならない。野田は、お互い子供じゃないのだからそう心配しなさんなと言い残して、屋上から消えた。

小高は、自分でも意外なほど腹が立たなかった。すぐにも愛子に電話して問いただしたいと思う反面、くだらない、よそうとブレーキをかける、興冷めに似たむなしさがあった。

4

その夜は、なかなか寝つかれなかった。野田とのやりとり、愛子との会話が、繰り返し耳のはたで聞こえた。

愛子は野田に、よくよく惚れていたわけだ。金を返してもらわなければ困る。しかし、返してもらったことで、自分は野田にとって無用の人間となってしまう。二人を結ぶ貸借関係というつながりが切れた時、二人の仲は疎遠になるのではないかとおそれたのだろうか。

では、なぜおれに相談したのだろう。もしあの時彼女が、口外しないでと念を押さなかったら、おれはすぐに野田にねじこんだはずだ。すると、彼女の嘘はたちどころにバレてしまうではないか。わからない。

ああ、そうか。早く返すように口添えしてほしいとだけ頼むつもりだったのが、思わず自分の不安を野田にすり替えて口走ってしまったのだ。そうして、第三者であるおれの反応を確かめてみたかったのかもしれない、自分の不安、自分のおそれとして言えなかったところに、彼女のかなしさ、愚かさがある。

野田にしゃべられたら、野田との仲が壊れてしまうとおそれたとしたら、哀れな女、いや、おかしな女だと思う。

冷静になるにつれて、憎んだり怒ったりするほどのことではない。ちょっとおしゃべりが過ぎた程度のことではないか。借金を返さない野田がいけないのだからと、理解し同情しようとするゆとりもできた。

だが、愛子への恋慕は急に色あせてしまった。

あくる日から小高は、ふっつりと愛子に電話しなくなった。会おうともしなかった。会えば彼女を傷つけそうで、その結果自分も傷つくのはいやだった。

愛子の方からもばったり電話してこなくなった。もしやと心待ちにした手紙もこなかった。その無言が彼女の嘘を物語り、野田の弁解の信憑性を裏付けていると認めざるをえないのは、つらいことであった。何でもいい。とにかく彼女の口から直接話を聞きたいと思わないでもなかったが、小高の潔癖と自尊心がそれをはばんだ。野田とも遠ざかるように努めた。

そのご、野田と愛子の貸借関係がどうなったかは知らない。愛子を手きびしくやりこめたようであり、別れたような口ぶりでもある。もし別れたのなら、それは利用価値がなくなったからだろうと思っている。

ひょっとすると、借金のことなどまったくの嘘っぱちで、あいつは愛子をそそのかして、おれから五十万円巻き上げようとしたのではあるまいかという疑惑もひらめいた。その疑惑が浮かんだ瞬間、なぜか小高は動揺し、うろたえた。

小高はすっかり疑い深くなっていた。その疑いの中には、どうしてあんな下らない男に惚れたり、あんなつまらんお芝居をしたりするのだろう。女なんてバカで信用がおけないときめつける女性不信、女性蔑視の感慨が巣くっているようであった。

しかし、それは女性にもてない小高の、悲哀と劣等感の変形したものかもしれない。

そんなことはないといくら否定しても、あの一言が沈鬱なしこりとなって尾をひいている。――まじめで正しくても、それは女にモテる魅力とは無関係な場合が多いということを知るべきだな。もう少し不良になることだな――野田が浴びせかけた宣告がしみつき、いつまでも冷笑しつづけそうである。

スカナオ哀歓始末（一）

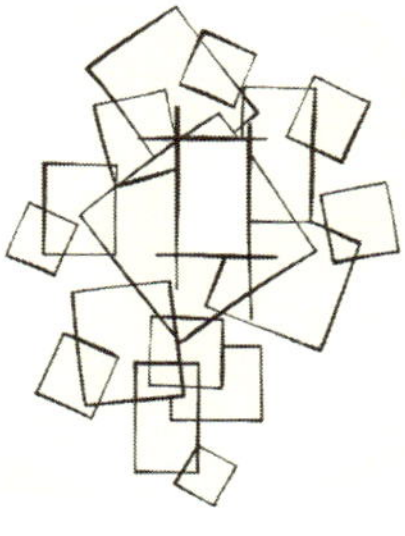

阪神大震災の惨状を伝えるテレビや新聞の報道が、半世紀前の地震体験を鮮烈によみがえらせた。

歩こうとして歩けないのだ。大地不動の固定観念が一挙に砕け散った驚愕。倒れた煉瓦塀に下半身下敷きとなって悲鳴をあげつづけ、救出に駆けつけた男たちの眼前で息絶えていった学徒勤労動員の女学生。ゆさゆさ揺れる鉄筋コンクリート造りの大煙突……。

第二次世界大戦＝太平洋戦争の末期。大東亜共栄圏確立を目指す必勝の〝聖戦〟といわれたいくさだったが、日本の敗勢をだれもが感じはじめていた昭和十九年十二月七日、小高文雄は動員学生の一人として、愛知県岡崎市の軍用飛行機生産工場にいた。その時、旧制中学三年生、十五歳だった。

〈物資窮乏、食糧不足。加えて、学校でも社会でも〝上の者〟がやたらと威張りちらす、世を挙げて軍隊調の潤いのない時代。でも、そんな日々にも、キラキラ光るような青春の歓びはあったっけ……〉

文雄の胸が疼き、回想の歯車が回りだす。

人生の終章にさしかかった老年の懐旧癖が、記憶の断片を一つまた一つと呼び覚まして、遠い情景をフラッシュバックのように浮かび上がらせ、しばし時のたつのを忘れさせてくれる。

戦前、戦中、戦後と、大きな時代のうねりの中を自分が生きつづけてきたことが、戦後半世紀以上を経た今、文雄にはふと、絵空事のように思われたりする。

ツクシとＳＬ

文雄が手繰り寄せることのできる追憶の最も遠くの場面は、心和む穏やかな風景である。

岡崎市の中心街から二キロ程西をゆったり流れる幅広い矢作川。なだらかな土手で四歳の幼児が母と二人、ツクシ採りをしている。明るい陽光を受けて輝く川面、土手の草々や木の葉が春風に揺れる……。そんな情景がはっきり浮かび上がるのだが、母との言葉のやり取りはまったく思い出せない。ただ、ほのぼのと温かい雰囲気に胸を満たされ、文雄は、幸福感とでもいうものの中に全身が浸されたような気分になる。

連鎖反応的に文雄は、父とのワンシーンを思い出す。岡崎市中心街の家から往還通りをほぼまっすぐ南へ四キロ、国鉄東海道本線岡崎駅に近い踏切わきで、文雄の父は自転車を止める。ハンドルとサドルの間に取り付けられた子供座席に腰掛けた文雄を見やりながら「もうすぐ来るぞん」と微笑む父。やがて「ほら、来た来た。線路のずうっと向こうの、そら、あそこ……」指差すはるか彼方に煙が上がっている。点のようだった蒸気機関車がそれと分かる形を見せだすと、文雄が初めて聞く不思議な音が空気を震わせはじめ、形も、音もぐんぐん大きくなって「ブォッブォッシュッシュッ」腹の底まで響く呼吸音と白っぽい蒸気を吐き出して迫ってくる。〈ここにいても大丈夫かな。怖いなあ〉おじけづいた直後「ブォーッ！」——鼓膜が破れそうな汽笛につづいて体がのけぞるような風圧、地響きとともに黒い巨大な機関車が覆いかぶさった。通過したとたん、文雄を圧倒した音や地響きは嘘のように弱まり、機関車に引っぱられた何十輌かの貨物列車の車輪が、カタンカタンとレールの継ぎ目をかむ単調な音を繰り返すだけ。機関車はたちまち遠ざかって貨車の列に隠れ、後に残った煙もみるみる薄れ、しぼんで、あっけなく消えていく。

「見たかぁ、フミちゃ」

そう言って笑いかけた父の顔は鮮やかに浮かび上がるのに、何かしゃべったはずの自分の言葉の記憶はない。

母とのツクシ採り、父との汽車見物、どちらも終始無言のまま、親の傍にいて辺りを見回している幼児の姿しか思い出せないのが、文雄にはちょっともどかしい。

モリせんせい

幼稚園数も少なく幼稚園に行く子も少なかった時代に文雄が園児になったのは、自営業（菓子製造販売）で夫婦共働きだった家庭の都合もあったかもしれないが、文雄の朝の恒例行事が親心を動かしたからだともいえよう。

四つ年上の次兄がランドセルを背に毎朝学校へ出かけるのがうらやましく、ぼくも欲しいとせがんで四歳の誕生日に同じランドセルを買ってもらい、あくる朝からそれを背負って家の前に立つようになった。

兄が出て行くより先に表へ出て、三三五五、学校へ向かうお兄さんやお姉さんの流れをじっと見つづけるのである。小さな体に大きすぎる本物のランドセルを背負って、何やら思いつめた目で見送る坊やが毎朝、小高屋の店先に立っている。かわいいわねえと小首をかしげて通り過ぎる高学年のお姉さんや、このチビ、小高屋の弟だってとつぶやく兄の同級生も……。

努力して立っていたのではない。そうしたかっただけのことで、そうさせたものは〈ぼくも学校へ行きたいなあ〉との憧れだった。

小学校入学まであと一年となった五歳の春、文雄は市立高等女学校の付属幼稚園へ通うことになった。子供の足で二十分、途中、兄の小学校を横目に見て行く。

服の上に白いエプロンのような前掛けを着け、上下二段組み合わせの円筒状弁当箱を毛糸で編んだ袋にいれ、肩から斜め掛けして、小さな鞄を背負って出かける。

園長は女学校の校長で、唯一の男の先生。園児との触れ合いはほとんどなく、事実上の園長は女性の主事先生だ。でっぷり肥え、大きな目に威厳を漂わせた初老のひと。つやのいい豊頬が印象的で、怒った顔は見たことがない。ほか四人の先生が「松」「桜」「梅」「桃」四組を担任し、文雄はモリ（森）先生が受け持つ松組。

一人だけ若く、そして明るくきれいな森先生は園児のだれからも好かれるアイドル先生で、文雄にとって最初の〝忘れ得ぬ先生〟となった。自分では〝初恋のひと〟だと思っている。

その森先生に文雄は×印をつけられてしまった。

昼食時、向かいの席の女の子、エミちゃんがハクション一発、おおきなくしゃみをした。ごはん粒を顔や弁当に吹きかけられた文雄が「なにすんのぉ」と立ち上がって気色ばむと、エミちゃんは大きな声で泣きだし、なかなか泣きやまない。

「フミちゃん。男の子は弱い者いじめをしないようにって、お話ししたでしょ。フミくん、お昼休みは外へ出ずに、中でよく考えていなさい」

〈森先生にしかられちゃった。ぼく、いじめたりなんかしていないのにな〉。ガラス窓越しに、みんなの遊んでいるのが見える。ゴムまりをついたり走ったり。〈あれ、森先生がエミちゃんたちと手をつないで輪になって、笑っている。ぼく、悪いことしていないもん……〉。泣けてきて、森先生やみんなの顔が涙でぼやける。

森先生が大好きなのに、みんながするように甘えられない。森先生が十二、三人にまつわりつかれ、手をとられ肩にぶら下がられ腰に巻きつかれて、あっちへよろよろ、こっちへよろよろ。そのうち倒れそうになって「あっ、やめてえ!」上気した顔がひきつり、ほんとうに泣き出しそう。〈ぼくも森先生に巻きつきたい、ぶら下がりたいなあ〉。でも、切実な願望なのに、文雄はそうすることができない。といって、去ることもできず、ハラハラ、ドキドキしながら、少し離れたところで見守っている。

エミちゃんを泣かしてしかられた日だったか、翌日だったか、文雄は森先生に「きょう、うちへ遊びにいらっしゃい」と声をかけられた。胸がわくわくするうれしさ。先生の家は知っている。歩いて五、六分のところだ。でも、恥ずかしくて一人では行けない。近所の子三人を誘って行く。家の前に着いたが、玄関の引き戸に手がかけられない。先生いるかしら、ほんとに家に上げてくれるのかな、なんて言えばいいんだろ。ちょっと通り過ぎてまた戻る。「ねえ、どうするの」「うん。先生、遊びにおいでと、ほんとに言ったんだ」「なら、いいじゃん」「中へ入って、なんて言う?」「コンニチワでしょ」――ごそごそ、もじもじしていると、がらがら戸が滑って、目の前がぱっと華やかになった。「あらっ、なあんだ、あなたたちだったの。さあさあ、上がって上がって」森先生の弾んだ声が頭上から降ってきた。華やかなものは、森先生が着ていた普段着の和服であった。日ごろ幼稚園で見なれている黒っぽい無地の袴をはいた、地味な服装の森先生とは別人のような森先生が、さあ召し上がれと菓子鉢を置き「よく来てくれたわね。何をして遊ぼうか」と笑みかける。あでやかな女のひとを前に文雄は、緊張感と甘やかな思いに包まれ、どぎまぎして言葉が出ない。ついぞしたことのない正座をしたまま、もじもじするばかりで時が過ぎていく。といっても、正座していたのは三分か四分のことだったろう。何をして遊んだのか、遊ばなかったのかさだかでないが、紙に包んでもらったお菓子を手にして元気よく帰ったことは覚えている。

ほどなく、幼稚園から森先生の姿が消えた。お嫁にいくのでお辞めになりましたと、主事先生から聞いたが、文雄にはぴんとこなかった。

園児とともに走り回り、ぽっと紅潮する色白の顔が何かの花のような森先生がいなくなった翌月、文雄は幼稚園を巣立った。

杜子春

念願の小学生になった文雄が、まず感じたことは学校の広大さだった。幼稚園とは比べものにならない廊下の長さ、教室の数、先生の数、校庭の広さ。児童約五百人、十三学級の中規模校だったが、身長一一〇センチの六歳の視線から見れば学校は驚きの世界であった。

学級受持ちの訓導、中根先生は、痩身で濃い眉、二重まぶたの大きな目を時々いたずらっぽくくるっと回して語りかける、中年前期の男先生。毎朝、始業の鐘とともに革のスリッパの音を廊下に響かせながら、次第に教室へ近づいてくる。そのゆったりした音が最接近すると、みんなちょっぴり緊張する。〈ドアが開くぞ……〉。

教壇に上がった中根先生は、口をすぼめるようにしてみんなを見渡し、にこっと笑う。反射的に、そこここでクスクス笑いが起こる。

幼稚園気分をひきずる幼い子らを学校にスムーズに順応させるベテラン訓導のほか、

若い〝教生の先生〟が、各学級とも二、三人いる。〝教生〟は愛知第二師範学校の教育実習生で、文雄たちの学校はその附属小学校。

教生先生は学習から体育、遊戯に至るまで教えたり仲間になってくれる、楽しい頼もしいお兄さんである。一年三学期、各学期ごとに新人に入れ替わるため、新学期を迎えるたび、今度はどんな人がくるだろうと、学校生活の楽しみの一つだった。幼稚園の森先生の時と同じである。小学校低学年の子供も既にして、大人の品定めをし選り好みをするものであることを、文雄は思い知る。ハンサムで身ぎれいな人にまず人気が集まる。そういう人が配属されるとうれしいのだ。次いで陸上競技や相撲部の選手など特技のある人がモテる。だが、一カ月もすると、やさしさや明るさ、分かりやすい面白い授業、心のこもる話しをしてくれる人といった、人柄の内面にひかれはじめるのだった。

三年生の二学期だったろうか、文雄は忘れ得ない教生、鶴見先生にめぐり逢う。学校帰り、鶴見先生について師範学校へ遊びに行った日、先生は寄宿舎わきの芝生に腰を下ろして、静かに話しはじめた。

「昔、唐という国の都洛陽というところで、一人の若者が、にぎやかな人通りを避けるようにしてぼんやり空を仰いでいました。もうすぐ日は暮れるし、腹は減るし、泊めてくれるところもない。いっそ川へでも身を投げて死んじまおうかと、途方にくれていた。若者の名は杜子春といい、大金持ちの息子でしたが、両親が亡くなったのをいいことに遊びほうけ、ぜいたくの限りをつくして一文なしになってしまったのでした。ふと気づくと、そばに見知らぬ老人がいて、じっと顔を見ています。そして『お前は何を考えているのだ』と話しかけてきました……」

それから杜子春の身に起こる不思議な出来事の数々。文雄は息をこらして聞き入り、杜子春に同化して一喜一憂したり、自分に戻って杜子春をたしなめたくなったりする。

「老人は実は仙人で、杜子春はこの仙人の仙術により大金を手に入れることができたのです。夕日を受けて立ち、お前の影の頭のあたりを夜中に掘ってみなされ。車にいっぱいの黄金が埋まっているはずだと言われ、掘ってみると本当に出てきて……」

本当かな？　と疑いながらも、なんだか心楽しくなり胸がわくわくしだす。文雄の脳裡には、洛陽という異国の都で夕ぐれどき、途方にくれてたたずむ杜子春の姿と、忽然と現われた仙人の姿が浮かんできて、うっとりと夢幻の世界に浸るのだった。

「国一番の大金持ちになった杜子春は、お城のように豪勢な屋敷を手に入れ、さっそく雇った召使いたちに囲まれて王様気どり。うわさを聞いてやってくる友人やら顔も知らぬ人などと毎日のように宴会をしたり、高価な宝玉類を集めるかと思えば人に与えるといった調子でぜいたくざんまいに明け暮れ、得意がっていたのですが……」

また無一文となり、だれからも相手にされなくなって途方にくれた杜子春は、再び老人に声をかけられて大金持ちになる。ところが、また三年程でつかい果してしまう。

――話のそのくだりで、文雄のたかぶった気持ちはやや冷めかかるが、ドラマは急転回し、文雄はたちまち夢幻の中へひきこまれていく。

杜子春は仙人から三度目の声をかけられるのだが、さて、どうするのだろうか。

「人間はみんな薄情です。私が金持ちになった時にはちやほやして寄ってくるくせに、貧乏になるとそっぽを向いてしまう。お金はもういりません。どうか私を弟子にしてください」

仙人に伴われて空を飛び、神々のすむという深い山にこもって仙術を修業することになった杜子春には、恐ろしい試練の数々が待っている。

「どんなことがあっても声を出さないこと。天地が裂けても無言を押し通す。それができなければとうてい仙人にはなれない」

そう申し渡された杜子春は、虎や大蛇に襲われそうになっても悲鳴をあげず、ついには魔人に突き殺される羽目に……。

――好奇心にかられていた文雄は、このあと深い感動を受ける。

息絶えた杜子春の魂は地獄へ下り、閻魔大王から尋問を受けるが沈黙しつづけ、剣の山や血の池や焦熱地獄にほうり込まれたり、皮をはがれ、舌を抜かれるなどあらゆる責め苦に遭わされた。それでも一言も口をきかない杜子春に鬼どももあきれ、怒り、やがて……。

「二頭のやせ馬が引き立てられてきたのを見た杜子春は、あっと驚きました。馬の顔は夢にも忘れない、死んだ父母だったのです。お前の父や母に痛い思いをさせるぞ。そう言われても、やはり黙っていました。この親不孝者が。父母が苦しんでも、自分さえよければよいと思っているのだな。閻魔大王は凄まじい声でわめきました。打て、鬼ども。肉も骨も打ち砕いてしまえ」

鬼は一斉に鉄のむちで馬を打ちのめします。馬は、父母は、身をもだえ目に血の涙を浮かべていななきました。杜子春はぶるぶる震えだし、目をつぶってしまう。その時……。

「わたしたちはどうなっても、お前さえしあわせになればよいのだよ。なんと言われても黙っておいで。そうささやく懐かしい母の声が杜子春の耳に伝わってきたのです。はっと目を開けると、倒れたままじっと自分を見つめている一頭の馬の目と目が合いました。その瞬間、杜子春は仙人のいましめを忘れ、ころぶように馬のもとへ走り寄り、はらはらと涙を落としながら『お母さん』と叫んだのです」

ちらっと鶴見先生を見ると、もともといくらか赤ら顔の先生の顔がきりっと引き締まり、いつもより赤味を増しているようだ。

「お母さんと叫んだ自分の声に気がついてみると、杜子春は夕日を浴びて洛陽の街の片隅にぼんやりたたずんでいたのでした。どうだな。とても仙人にはなれまい。老人にそう言われた杜子春は、なんと言ったと思う?」

「……」

「なれなくても、かえってうれしいのです。鬼たちにむち打たれている父母を見て、どうしても黙っていられませんでした。そう言ったんだよ。すると、仙人はおごそかな顔になって、『もしあの時、お前が黙っていたら、おれは即座にお前の命を断っていただろう』そう言ったんだ。そう言われると杜子春はね、いままでにない晴れ晴れとした顔で、こう答えたんだ。これからは人間らしい暮らし、正直な生き方をするつもりです……」

夕日が西の空の雲を染め出したころ、文雄は家路についた。芥川龍之介が書いた、自分の好きな作品。自分が受けた感動を教え子に伝えたいと、多分そう思って話したであろう年若い鶴見先生は文雄の心に、文学作品の醍醐味を刻みつけた最初の人である。あの時の胸いっぱいの充実感と快い興奮。そして、たった一人のために情熱をこめてかたり聞かせてくれたひとの表情は、いまでも文雄を幸せにしてくれる。

泰安殿

文雄が小学校へ入学した翌年、昭和十二年七月七日に日支事変（日中戦争）が始まり、天皇陛下をいただく〝皇軍〟日本軍は支那（中国）大陸の主要都市を次々と占領していった。南京などの城門に日の丸の旗を掲げ、万歳々々と鬨の声をあげる将兵の姿が新聞やニュース映画ででかでかと報じられ、岡崎市でも夕食後、ちょうちん片手の市民が祝勝行進する人波がたびたび目抜き通りを埋めた。三カ月もすれば終わるだろう、長くて半年で降参するさと、大人も子供も戦勝気分に酔ったが、それは、軍部をはじめ日本の指導層がそう楽観していたことの反映でもあった。開戦に至る経緯が背景にあるにせよ、政府が〝事変〟と位置づけていたことにも、過信と中国軽視、そして国際情勢を甘く見ていたことが表れている。

日支事変は一年たっても終わらず、文雄の長兄も出征兵士として戦地へおもむいた。

「徴兵検査で甲種合格になれなかった第一乙種のおれまで出征するということは、

戦線がどんどん拡大して兵隊がたくさん要るからだよ、支那も意外にしぶといな。なにしろ広い国だからなあ……」長兄のつぶやきが耳に残っている。

日支事変は泥沼化し、昭和十六年十二月八日、大東亜戦争開戦。やがて、第二乙種、丙種合格の者まで召集され、兵役を猶予されていた大学生まで徴兵される。さらには中学二年、高等小学校二年を卒えた男子を軍人とする少年志願兵制が敷かれ、頭髪の後退した中年層までが戦地へ送り出されるようになった。文雄の長兄は二度目の召集を受け、次兄も徴兵検査後すぐ入隊、召集され中国戦線で銃を取ることになる。

小学生の遊びに、ごく自然に戦争ごっこが登場し、文雄も熱中した。町内の子十数人が敵、味方に分かれて攻防のひとときを過ごす。お寺の境内では物足りなくなり、歩いて十分余の標高四、五〇メートルの茶臼山へ足をのばして対戦する。武器は笹である。笹を切り取り、これを投げ合う。太い方(根に近い方)を先に細い方を手にして四五度の角度で投げるのだ。隊長や班長役の上級生がやると、胸のすくような速さで遠くへ飛んでいく。笹の茂みにひそんで敵を待ちぶせたり、迂回して急襲したり、隊長を中心に作戦行動する。勝ち負けの決着は第三者の判定を必要としない。子供たち自身の実感で、どちらが勝ちか決まる。敵に挟み撃ちされたり、追われ追われたあげく笹を一斉に投げられるのは恐怖の襲撃で、隊長の「退却ウ」の掛け声を待たずに逃げ出す者がいる。そうなると総退却となり、逃げ足の遅い低学年の子供はたいてい捕虜になってしまう。

だが捕虜はいじめられたりはしない。従軍看護婦役の女子に介抱され、一回戦が終われば解放される。スリルがないと面白くないので武器を使用するのだが、文雄は当時を振り返り、笹を採用したのは傑作だと思う。石を投げたり棒で殴り合ったりせず、笹投げというのがいい。槍投げの快感と迫力がありながら重傷者がでる心配はないし、材料は豊富、遊び終わったあとはほったらかして帰ってもだれに怒られることもないのだから。

文雄たちには下校後、町内の自然発生的子供社会での遊びが待っていた。その一つが戦争ごっこだった。自宅付近の四、五歳から小学校六年生ぐらいまでが覚恩寺境内で群れて遊び、暗黙のうちに特定の六年生をリーダーとするピラミッド型を形成していた。リーダーは、怒鳴ったり腕力を振るったりする暴君ではない。そういう暴れん坊をも抑える実力がありながら統率力、包容力を備えている者でなければならないのだ。子供たちは彼に威厳を感じており、だから覚恩寺仲間は下校後の楽しい子供社会の役割を果たしつづけたのだった。

このころの、文雄にとっての事件二つ。

一つは二年生の時。隣町の四年生につかまって近所の子が泣き声をあげている。場所は覚恩寺の一隅。自分たちのなわ張りだし、泣いて（白旗を揚げて）いるのに許してやらず、頭や胸を小突くのをやめないワルガキのルール違反を黙視できず駆けつけた。「やめろよ。弱い者いじめをするな」と割り込む。すると「なにイー！」と新たないじめの対象ができて張り切りだす。文雄はいきなりほっぺたに往復びんたをくらい、突き倒された。起き上がって応戦しなければと体勢を立て直そうとする間もなく、馬乗りになられ動きがとれない。うろたえ、辺りを見回すが仲間はいない。さっきまでやられて泣いていた子は傍観しているだけである。〈なぜ、一緒に戦わないのだ。ああ、もうだめだ〉絶望。くやしいけど、恥ずかしいけど、文雄は泣くしかなかった。惨めな敗北については、相手は二つ年上なんだから負けても仕方ないと割り切ることができたが、危急を救いに入った自分がやられているのに、助けられた子が加勢する気配さえ見せず、けろっとたたずんでいたことに傷ついた。文雄が人間不信を感じた最初の出来事といえよう。

もう一つは三年か四年生の時、覚恩寺仲間の一つ年長の乱暴者、三公に初めて勝ったことである。三公こと三郎は年下の弱いものいじめ常習犯で、文雄も幼稚園へ行く前から被害に遭いつづけた。一年生の時など、軽くはないけがを負わされている。氏神の秋季例祭で、家の前にしつらえられた柱にぶら下がる献灯ちょうちんに、ろうそくの灯を入れようとした文雄は、踏み台を持ってくる手間を省こうと三輪車の活用を思いつく（ばかなことを思いついたものである）。車輪に板をかませて、そろりとサドルに上がり、ちょうちんに手をかけようとした瞬間、体が舞い、つんのめり、ガーンと激しい衝撃が顔面から脳天へ突き抜けた。息が詰まり、何も見えなくなった。〈落っこちちゃった、痛い、我慢できない……〉おんおん泣いて涙をぬぐうと、手にぬらりとしたものがつき、なんだか視界が赤っぽい。親よりも早く駆けつけて抱き起こした隣家のおばさんが目撃者で、文雄の顔から出血し顔全体が赤くなっているのを見てうろたえた。三輪車から落ちたのは、三公が三輪車を蹴とばしたからだと聞かされたが、三公からはゴメンナのひとことももらえなかった。

それから二年、傷は治り傷跡も小さくなったが、三公に対する警戒心と恐怖感は尾を引いている。覚恩寺でいつもの顔ぶれと遊ぶうち、独楽《こま》の回しっくらで、何度やっても文雄に勝てないことにかんしゃくを起こした三公が、例によってけんかを仕掛けてきた。文雄の胸をどんと押し、のけぞらせておいて蹴りを入れてくる。文雄はとっさにつま先をかわし、足首をつかんでぐっと持ち上げながら全力で前進した。三公は片足で二、三歩後退するのが精いっぱいで、上体を支えきれず仰向きに倒れ後頭部をしたたかに打つ。今だ、今攻撃の手をゆるめると反撃される。隣町のワルガキにやられた二年生の時の、あれだ。さっと馬乗りになって両頬に一発、二発、三発……。三公の目に驚きと恐怖の色が浮かび、金縛り状態となり、そして、信じられないことが起こった。三公が大声で泣き出したのだ。文雄はきょとんとして見守った。反撃してこない。〈ぼくは勝ったのかもしれないぞ〉。文雄が身をひくと、三公は「フミちゃんがいじめたあ」と泣きながら、走って消え去ったではないか。以後、文雄は三公からの意地悪や不意打ちから解放され、覚恩寺仲間での序列が一、二枚上がった。

　小学校と一体化していた象徴的なものに「泰安殿」と「二宮金次郎」がある。泰安殿には天皇陛下の肖像写真「御真影」と「教育勅語」が納められている。御影石の一メートル程の台座上に建てられた大人の身長ぐらいの石板張り、鉄扉付き角型の堅牢な特設保管庫で、非常事態には教職員が取り出して避難するということだが、校舎が焼けても倒れてもここだけは安全だろうと思われた。

　一月一日の年賀式や天皇誕生日の祝日「天長節」など重要儀式の際に扉が開けられ、式場に御真影が掲げられる。そして教育勅語が主事（校長）先生によってうやうやしく朗読される。教育勅語は昭和天皇の祖父、明治天皇が発布した日本国民の指針ともいうべきもの。「朕惟《ちんおも》フニ我カ皇祖皇宗、国ヲ肇《はじ》ムルコト……」に始まる長文の漢文調の文章で、小学生には意味不明、退屈で苦痛の伴うひとときだった朗読が終わるまで直立不動、しかも頭だけは下げつづける姿勢でいなければならない。子供たちは、校長先生が桐箱から巻物を取り出して静しずと広げ、ひもが人目につかないよう隠し持ちつつ「朕惟フニ」と読み始めると「チンオモウニ、ワキ（脇）コチョコチョ」などとささやき交わし、体を突っつき合ったりして苦痛に耐えた。くすくす笑って列外に引っ張り出される不運な子もいる。勅語の締めくくりの「御名御璽《ぎょめいぎょじ》」――このへんてこな発音部分にたどり着くと、やれやれやっと終わりだとホッとするのだった。

校長先生の白手袋をはめた手にささげられた勅語は、その昔、優れた剣士が師から授けられたという免許皆伝の巻物や、いざ秘術を使おうとする忍者が口にくわえる巻物（時代劇映画のシーン）を連想させる形状なので、子供たちは興味をそそられた。だから、習字の時間になると文雄のクラスでも、毛筆や文鎮、下敷きなどをそろえて巻き込む習字用具――竹ひごを編んで作られた筆巻きを勅語の巻物に見立てての、ひょうきんな遊びが流行したものだ。これをささげ持って、勅語奉読に至る校長先生の所作をまね「チンオモウニ、ワキコチョコチョ」とやって笑いをとる者が相次ぎ、ひとしきり楽しい息抜きとなったのである。もちろん授業前後の、先生が教室にいないつかの間のことだが。

泰安殿は学校正門をくぐってすぐの、通路わきの樹間に鎮座し、二宮金次郎は校舎正面玄関横の植え込みに立っていた。台座の上に立つ石像の金次郎は江戸時代の少年らしい。髷を結い、着物にたっつけの作業着で薪を背負って歩きながら本を読んでいる。よく働きよく学び、そして親に孝養を尽くし、やがて世の中のために尽くす立派な大人になった人。みなさんも二宮金次郎をお手本にするように、金次郎のような立派な人になるように……。文雄は、へえ偉い人なんだなあと思いはしたが、心は動かされなかった。杜子春の話には、本当のことではないと思いながらも心底から感動したのに……。でも文雄にはまだ、それをなぜなのかと比較する思考力も、比較しようとする発想もなかった。

しかし、校長先生から「天皇陛下は現人神《あらひとがみ》であらせられる」と聞いたときには、そんなはずはないと即座に思った。近眼で、眼鏡をかけた神様なんているはずがないというのが、文雄の判断基準だった。このことを級友に言っても、同意されることも否定されることもなかった。

支那事変は三年たっても四年たっても終わらず、戦時色が色濃く漂いだす。学校の出入りには安泰殿に最敬礼しなければならなくなり、始業前に行われる全校生参加の朝礼では東京の方角を向いて宮城遥拝、最敬礼することが欠かせない式次第となった。

「非常時」「食糧増産」が叫ばれ、支那よりもアメリカ、イギリスを敵視する声がやかましくなっていく。

先生たちが職員作業として校庭に芝を植えたところ、本校からひどくしかられ、植え替えさせられる騒ぎが起きた。「芝は食料になるか。ダメだダメだ。すぐ取り除いて芋類を植えよ」と命令。風が吹くと砂煙が上がって、体操をしたり遊んだりする子供たちがかわいそうだし、教室へも砂が入り込んで困るから芝生を、という先生たちのアイデアは実らず、芋畑をつくる二度骨折りの汗を流すことになった。師範附属小学校の新方針とあって、愛知県下の各校に大きな影響を及ぼし、芋を栽培する学校が相次ぐ事態となる。

土曜日や日曜日に時々出かけて賛美歌を歌ったりゲームしたり、好奇心そそられるひとときを過ごしていた通学路沿いのキリスト教会が突然、閉鎖された。牧師のクロフォードさん一家がアメリカへ帰ってしまったからである。日本にいられない情勢になったためだろうと、文雄たちにも察しがついた。

同じころ、おかしな同級生が現れた。顔も皮膚も日本人なのに日本語を片言でしかしゃべることができないのだ。その子は日本人の両親と一緒に何年間かアメリカにいて最近帰国したのだと聞き、格好いいなと思うと同時にクロフォードさんの顔が浮かんだ。

五年生の二学期——昭和十五年十一月、陸軍軍服のカーキ色に緑がかった生地の国民服が登場した。大日本帝国国民服令に基づく男の社会人用制服である。女はたもとのない筒袖の着物にもんぺを奨励され、もんぺにたすき姿の質素、活動的な姿が生活服となった。生活必需品はますます逼迫し、主食の米をはじめ衣類、運動靴、砂糖、マッチ、自転車のタイヤ・チューブなど次々と配給制になり、国民精神総動員本部による「ぜいたくは敵だ」の街頭指導がスタートする。服装が派手に見えたりパーマをかけた女性は「非国民」ときめつけられ、警察官や婦人会役員から注意カードが渡される。人々の個性喪失時代が始まった。

生活必需品の逼迫は、アメリカやイギリスが音頭とりとなって日本への輸出にストップをかけている禁輸政策のせいである。アメリカが中心になって日本にＡＢＣＤ包囲網なるものを敷き、経済封鎖をしているからであるという。そう聞いて、文雄たち小学校高学年生は二つのことを思った。

一つは、日本は資源の乏しい国なのだと知った驚き。

二つ目は、支那事変は聖戦なのに、なぜアメリカやイギリスは日本を困らせ支那を後押しするのか。日本が勝つと都合が悪いのだろうか。

十歳の文雄が感じ始めていた驚きと不安は、これ以後、聖戦完遂――撃ちてしやまん――必勝という、国を挙げての戦意高揚運動の波に押し流されてしまう。

この年は小高屋にとって、悲しい年となった。天長節などの旗日（祝日）に附属小学校へ納めていた紅白セットの箱入り奉祝饅頭の仕事を、打ち切ることになったのである。砂糖が手に入らず、紅白合わせ一千個を超える饅頭の餡ができない。店の誇りとしてきた注文を、受けるわけにはいかなくなった店主の落胆は大きかった。前途に希望というものがなくなった。菓子屋は単独では経営していかれなくなり、全市数十軒の主人たちが組合をつくって細々と〝菓子もどき〟を製造し始めた。例えばサツマイモをすりつぶした餡入り饅頭、芋羊羹……。小高屋で住み込みで働いていた二人の店員、ジュンさとサカエさは親元へ、通い働きの中年の職人さんは軍需工場へと散って行った。

昭和十六年、文雄が六年生になった年、学制が改められて尋常小学校は「国民学校」と名称変更。国防教育の一環として軍隊組織の少年団活動が行われるようになる。街頭のあちこちに、アメリカ、イギリスに対する敵がい心をあおる「鬼畜米英」撃滅アピールのポスターや大看板が掲げられるなど、開戦前夜の異様な緊張状態に人々は包み込まれていた。

だから文雄は、十二月八日ラジオで、米英に対し宣戦布告したことを発表する大本営報道官のかん高い声を耳にしても、校長先生から「いよいよ重大な時局になりました」と重々しい口ぶりの訓示を聞いても、あまり驚きはなかった。「ついにこの日が来たか。たいしたもんだな。日本は。支那事変のほかに、今度は世界の一等国を相手に戦争を始めるなんて」と気持ちが高揚した。

この時、文雄と同学年だった女児の作文が学校文集に残っている。

「宣戦布告された日から、私の生活は何だかはげみのあるものとなった。今までならがまんできなかったことが『戦争に勝つ』と一言心に叫べば、がまんできるようになった。それは、なぜだろう。私はわからない。生活のちがいを一つ二つあげてみよう。日曜日には朝寝坊するくせがある私だが、昨日の日曜日はどうだったか。朝六時半起床、さっさと片づけ、食事が終わると勉強。一時間ぐらいでいやになったが、何くそ『戦争に勝つんだ』と私は一生懸命である。兵隊さんに負けないように、競争だ。競歩会。午前十時、さっと校門を出た私は息をととのえて走った。もうあと一キロくらいになると、お腹がちくちく傷んだ。朝からずっとがまんしているせいだろう。『何くそ、兵隊さんに負けちゃだめだ。戦いに勝つんだ』と、私は歯をくいしばってがまんした。そうして、校門へころがるようい走りこんだ。私は、ふっと気がついた。『戦いに勝った。うれしい』。その気持ちでいっぱいになった」

昭和十七年、国民学校卒業式が近づいたある日、文雄は朝礼の様子がいつもと違うことに、おやっと思った。昨日まで全校生を代表して指揮台上の主事先生の前へ進み、よく通る大声で「おはようございます」のあいさつをしていた高等科二年の手島さんが、指揮台の横に立っている。朝礼が終わると、また主事先生が壇上に立った。

「きょうは、うれしいお知らせがあります。皆さんもよくご存じの高二の手島——

君が、四月に陸軍の兵隊さんの学校に入ることになりました。少年飛行学校というところで、成績優秀、身体強権でなければ入学試験に通りません。手島君はその学校に立派な成績で合格したのです。先生は、手島君にとっても本校にとっても名誉なことであると、大変喜んでいます。これから手島君に、お祝いと励ましの言葉を……」

〈驚いた。手島さんが軍人になるなんて。高二じゃちょっと早すぎないかなあ……。いつも清潔な制服をきちんと着て、さっそうと歩く姿が格好いい。全校生が赤と白二手に分かれ総がかりで対戦する運動会名物の帽子取り騎馬戦で大活躍、拍手を浴びる手島さん。帽子を奪われそうになっているところを助けてくれたこともある手島さんが遠くへ行ってしまう。でも、飛行機を操縦する軍人になるなんて、すてきだなあ〉

この年、文雄は中学校の入試に合格し、半ズボンの学童から長ズボンの生徒になった。

スカナオ哀歓始末（二）

セッポウ

文雄にも、思春期が訪れた。

文雄の思春期は、年齢相応の時期より早く、突然、表皮を荒っぽく引きはがされるような形で始まった。

一つの家で寝起きしている店員の一人〈サカエさ〉から、男と女の性の秘密を語り聞かされたひとときの、息苦しくなるような驚愕。

「文ちゃん……。男と女が、セイコウするということ、知っとるかん」

「セイコウ?」

「知らんだろうなあ、まだ」

小学校五年生の文雄に、男と女が交わす性行為をリアルに語り聞かせ、そして、うっとりとした表情で、

「……そうするうちにカーッとなって、体が熱くなるような、何とも言いようのない、いい気持ちになってさあ、気が遠くなるような、そりゃもう、天国にのぼるような心地になるのだよ……」

抑えぎみな声で話すうち、自分の話に興奮して〈サカエさ〉の顔が紅潮し、声が上ずっていくのがわかる。文雄も息が詰まり、目の前のものが何も見えなくなった。

それは、文雄にとってまさに驚天動地の新知識だった。以後、人を見る目が変わり、文雄の児童期は終わったと言えよう。が、その衝撃は、文雄に性欲や性衝動を誘発させるといった、なまなましい波紋を起こすには至らなかった。文雄がまだ、男として稚《おさ》なかったから。

小学校を卒《お》えて中等学校——岡崎市立商業学校の生徒になった文雄は、自分を取り

巻く環境の激変に目を奪われ心を揺さぶられる日々を重ねる。新しい世界の幕開けである。

まず、四年生、五年生の体の大きさに圧倒された。大人と変わりない。いや、先生よりでかい者が何人もいるではないか。そして時には、単独ではないにしても、先生に反抗的な態度をとったり、囃したてたりする場面まで見られる。教師は絶対不可侵の世界にいる特別な人で、生徒に対して微動もしない権威者だった時代。教師という存在に畏怖を感じていた文雄には、新鮮な光景というより、驚きと感嘆を伴うショッキングな光景であった。

覚恩寺仲間の大将で、クラス一番の大将でもあったつい先日までの自信が跡形もなく消え去り、早くああなりたいなあと、文雄はただただ上級生の姿に見入った。

半ズボンが長ズボンになり、長ズボンをはいた脚に陸軍兵士と同じカーキ色のゲートルを巻いて登校しなければならない。英語の授業は新鮮だったが、それ以上に、教師の中に軍服を着た〝配属将校〟が二人いて、明治天皇から与えられたという軍人勅諭の暗唱をさせられたり、ずっしり重い本物の歩兵銃を担いでの隊列行進や散開、銃の分解掃除まで指導される軍事教練は刺激的だった。覚恩寺仲間と走り回った戦争ごっこ、兵隊ごっこのような楽しさはなかったが……。

一年生の一学期も終わらぬうちに、文雄は配属将校ににらまれ、クラス最低の劣等生にランクされてしまう。

室内での学習時間。大、中、小三冊あるカーキ色の教科書の小、歩兵操典の授業中に、退屈をもてあましてページを先へ先へとめくるうち、人工呼吸を図解する個所に目が止まった。上向きに横たわる人物の上に別の人物がまたがり人工呼吸を施している挿絵を見て、男と女の秘事を連想した。

「これを見てみな」

隣席にささやくと、おい、なんだなんだと周りから声がかかる。

「一六四ページを見ろ」

くすくす笑い声が起こり、文雄は十人ほどの視線を感じる。そのとたん

「小高、何しているかっ」

「はい」

「立って、答えろ」

「はい……」

ちらっと、本当のことは言わない方がよいのだがと直感が頭をよぎり、一瞬絶句。

しかし、二、三秒後、文雄は
「一六四ページを見ろ、と言いました」

と、ありのまま答えていた。

直立の姿勢をくずさず、まっすぐ前を向いて、なぜか明るい大きな声だった。聞こえたはずはないと自信はあったのだが、文雄にはピンチを切り抜ける嘘が、とっさに考えつかない。早く言わなければ、みんなに迷惑がかかるだろうし、ぐずぐずしていちゃ、男らしくないや……。

一六四ページを開いた配属将校は、全く表情を変えず見入り、数秒後、

「そのまま立っておれ」

とだけ言って授業を再開。時間がくると、むしかえすことなくさっさと教室から出て行った。

ぶん殴られるものと覚悟していた文雄は、いい人だなあと感謝し、翌日から教練の時間は努めて意欲的、積極的に取り組んだ。しかし、学期末に渡された通信簿を見ると、教練の成績は「丙」であった。甲乙丙のうち最低評価の丙。不得意の数学以外は甲が並んでいたが、四クラス一八五人の学年成績は六一番。教練の「丙」が足を引っ張った。

学年主任に「小高は操行不良、要注意」と伝えられていることを、やがて知る。教練の成績は二学期も丙。――丙の下の丁ではないのだから、まあいいさ。でも、丁は、長期欠席者や病弱で実科訓練を受けられない者など例外なのだから、丙はつまり、教練は落第ということなのだ。教練が丙だと、数え年二十歳になって徴兵・軍隊入営後、中等学校卒業者に与えられている幹部候補生教育を受ける資格を剥奪されるという。つまり、将校になる道を閉ざされたわけである。ひどい処分だなあ――。

文雄は、自分を劣等人間とし評価して排除する教師に初めて出会った。教師というものはものは怖いものなんだと、初めて思い知らされた事件であった。

友人たち

お互いの家を行き来するようになった級友の中から、文雄の思春期に消えない足跡を残した何人かをスケッチしておこう。

酒井嘉蔵

「小高っ。何をしてるか。立って答えろっ。ハイ、一六四ページを見ろ……。はっはっは。傑作、傑作。面白いやつだな、君は」

〝話題の件〟にずばっと踏み込んで、まっさきに話しかけてきた酒井嘉蔵と仲良しになれ、文雄は、学校へ行くのがまた楽しくなった。

色白、というより桜色の肌。引き締まって形のよい唇、横顔になるとすっきりと形のよい鼻から口元、おとがいへの線。長い鼻下が唇へ向けてせり上がり、上唇の辺りが低い鼻の頭と同じくらいの者が少なくない東洋人顔と違う容貌。といって、優男《やさ》といった柔弱な雰囲気はない。きりっとした口元に気性の強さ、まっすぐ見つめる黒目がちの目に知性の漂いが感じられる、清潔感のある好男子だった。へらへら無駄口をたたかないことも、文雄には好ましかった。だが、ちょっと気楽に話すことができない印象。

文雄は入学早々から、酒井の存在が気にかかり、早く親しくなりたいと惹かれていた。

教練の授業での失態にはほぞをかんだが、それがきっかけで酒井との交流が始まったことで、もやもやした気分はたちまち晴れた。

酒井が同じ教室にいるだけで、楽しい。文雄の何列か後ろの隅の席に酒井がいる。振り向くと目が合う。にこっと笑うと、同じ笑みが返ってくる。二人は毎日、飽きもせず、同じことを繰り返した。

下校後には家を相互訪問した。とりとめのないことを話し合って時を過ごすだけのことだったが、話の内容などどうでもよく、ただ一緒にいることで充実感が得られた。

二人の家は一キロ半程離れているだけで、どちらも市内電車の停留所に近かったが、徒歩か自転車。数度行き来すると、文雄が酒井宅を訪れる一方通行となった。部屋数が少なく庭もない文雄の家よりは、家も広く庭もある酒井のところの方が、二人とも気楽だったからである。

酒井家は造り酒屋で、巨大な木の樽が薄暗い酒蔵に並び、蔵と蔵の間の空き地にも無造作に大小の樽が居座るひっそりとしたたたずまいが、文雄には気に入っていた。そこで遊んでいると何か特別なことが起きそうな、不思議な何かが出てきそうな夢想が持てたから。

文雄が二年生にセッポウ（説法）された。セッポウとは上級生が下級生を殴る制裁、下級生いじめである。理由はこじつけ、言いがかりのたぐい。ズボンを必要以上にたくし上げてゲートルを巻き、上げた部分をひざしたへ垂らしてゲートル部分をぐっと短く見せる五年生のまねをしたり、登下校時すれ違った上級生に挙手の礼――敬礼をしなかった者は重罪。顔がゆがむほど殴られる。このごろ貴様らはたるんどるからと、クラス全員が並ばされて往復びんたを食うこともあった。

文雄が槍玉に上がって理由は〝一六四ページ〟の一件である。面白い話の伝わるのは疾《はや》い。一年生のくせに生意気なやつ。セッポウだ、セッポウだと、たちまち〝判決〟が下った。

授業後、二年生の一人が教室に現れ、ついて来いと同行を命じた。校庭に続く裏山のとっかかりに待ち構えていた七、八人から、まず絶叫に近い声の脅しが降り注ぐ。

「キサマぁ、教練をなんと心得えとるんだぁ。いったい、なんのために教練を学んどるんか、お前、わかっとんのかぁ」

「はいっ」

「言ってみろ」

「はい。日本が戦争をしている非常時の今、いつでも国の役に立てるよう……」

「バッキャロー、たわけぇ。その教練の時間に、てめえ、何をしていた。えっ、こらっ、言ってみろっ、言えるかっ、この野郎」

焼きをいれてやれ、焼きをと、数人が叫ぶ。

二十発ぐらい殴られただろうか。平手でたたく張り手がほとんどだったが、一人、拳骨で殴る者がいた。痛みと衝撃波が頬骨を突き抜けて顔の深部、頭の芯にしみ込む。

呼吸が止まり、目の前の物が何も見えなくなる。文雄はかろうじて、命じられた気を付けの姿勢（直立不動）を維持した。いや、維持したつもりが、右に左に揺れ、のけぞり、かがみ、倒れる寸前だった。それでも倒れず、悲鳴、泣き声をあげない文雄が二年生の目には、しぶといやつとも憎たらしいやつとも映ったようである。

セッポウは、思春期の少年たちの性欲のはけ口、という説がある。加うるに軍国主義が頂点に達していた時代風潮。教師間に、まあ仕方がないと黙認もしくは不問にする意識があったし、ためらうことなく生徒を殴る教師も少なくなかった。上級生や教師に殴られた生徒の親が抗議したり、世間に学校の悲を鳴らすようなこともなかった。文雄も、セッポウされたことを兄にも親にも、クラスのだれにも話さない。話してどうなるものでもないし、自分に非がなかったとは言い切れないのだから、仕方ないさと観念した。

「小高、やられたそうだな」

酒井だけが、文雄にいたわりの言葉をかけてきた。三日目だった。

「うん」

「ひどかったか」

「ああ。張られるだけならガマンできるけど、げんこでがんがんやられるのは、きくなあ。こたえたよ。顔に青あざができちゃって、腫れと痛みがまだひかない」

「いちばんひどくやったやつ、覚えとるか」

「うん名前は知らんけどな」

翌日、校庭の朝礼が終わり、学年ごとに教室へ引き上げ始めると、文雄は酒井に促されて、二年一組の列の中から一人を指し示した。

その日の学校帰り、酒井に言われて、文雄が先日セッポウされた裏山で待っていると、酒井が拳骨の主を伴ってやって来た。

「おい、小高をやったセッポウの音頭取りは、お前だそうだな」

「……」

にらみ返すだけで、無言。

「セッポウするのは五年生、だよな。五年生になってからだろ。二年生でやるのは、ナマイキじゃないか。小高をやってやろうって、お前が……」

そこで、いきなり酒井の鋭いパンチが繰り出され、二年生が顔をのけぞらせる。

「言い出しっぺだって、聞いたぞ」

体勢を立て直し、反撃しようとする気力をそぎ恐怖を誘発させる、たたみかけるような電撃戦法。悲鳴をあげ、許しを請うまでやむことのない容赦ない拳の打撃が二発、三発、四発。たまらず、へたりこんで泣きだした二年生を見下ろし、

「小高に手を出すなよ。ほかのやつにも言っとけ。よし、小高に謝って行け」

いつも笑顔を浮かべている、色白で、穏やかな酒井からは想像もつかない激しく果断な姿に、文雄は息をのんだ。

「こんなことして、あと、大丈夫?」

ちょっと、おろおろしながら気遣う文雄を見返した酒井の表情に、ちらっとはにかみが浮かび、黙って歩きだした。

彼は病気療養で長欠したため二年生に進級できず、一年生をやり直している――、つまり二年生は同年であること、次兄が四年生にいて、長兄は昨年の卒業生である、といった状況が後押ししているにしても、僕への友情を形にして表したかったからこ

そ、こんな思い切ったことをしたのだ。僕なんかのために、後々自分がひどいめに遭うかもしれないのに仕返しをしてくれた酒井君。——緊張が解けた文雄は感動で胸がいっぱいになった。

二年生になって間もなく、不意に二人の別れがやってきた。夏休み間近の一学期の終わりごろ、酒井が三日続けて登校しない。文雄が酒井を知ってから、初めての欠席だった。見舞いに行くと、腸チフスで入院したという。文雄も伝染病で避病院へ隔離入院させられたことがある。幼稚園の時、猩紅熱にかかり、それがうつった次兄、長兄ともども三兄弟そろって避病院行き。市役所差し回しの、黒い垂れ幕付き人力車に一人ずつ別々に乗せられた入院時の異様な経験と、症状が軽快した十二歳年上の長兄の病室に、なぜかしばしば年若い看護婦が二人三人と訪れて笑い声を響かせていた記憶が、鮮明によみがえる。長兄は当時十七、十八歳の岡商五年生。文雄は、長兄が若い看護婦に人気があるのがなぜなのかわかる年ごろになっていた。

文雄は毎日、酒井の病室へ足を運んだ。病室の出入りには白いガウンを着、昇汞水で手を洗わなければならない。面談も短時間で切り上げなければならず、顔を見、顔を見せに行く、文字通りの見舞いである。

「ここへ来るの、気持ち悪がって、だれも来やしないんだ」

そうつぶやいた酒井は、寂しそうではあったが、笑顔で、目の輝きも入院前とさして変わりはなかった。それが十日後には、

「おれ、だめかもしれんよ、小高。ちっともよくならないんだ。熱が下がらん。体がずつなくて、頭がぼうっとしたきりで……」

と口走るようになった。その声は低く、かすれて、表情に孤愁がにじんでいる。輝きを失った目が充血して、うっすら涙が浮かび、閉じられた。初めて見る元気のない酒井の姿、暗い顔に、文雄は言うべき言葉がなく、うろたえた。

「また、あしたも来てくれよ、な」

大きくうなずいたが、翌日行くと病室のドアに掲げられた〝面会謝絶〟の四文字に入室を拒否される。

数日後、文雄は不思議な体験をした。

朝食をすませ、登校前のあわただしい一刻、母からおかしなことを聞かされた。

「おまん、ゆうべ、どうかしたのかん。夜中に何かぶつぶつ言いながら部屋ん中歩き回っていたぞん」

「ふうん。知らんなあ」

「夢でも見たのかん」

「夢？」

母の問いかけを糸口に、夢の残像がかすかに浮かび上がった。〈酒井くんが家へ訪ねてきた……〉それだけしか思い出せない。会話があったのか、なかったのか、はっきりしない。無言だったような気がする。ふっと、衝動が突き上げた。酒井君の家へ行こう。学校は遅刻しても仕方ない。文雄は自転車に乗って、学校とは逆方向へ走った。酒井の家は妙に静まりかえり、彼の祖母がいるだけだった。

「嘉蔵は、きょう、逝ってしまいましたの」

文雄の顔を見るなり泣きだしたおばあさんは、呆然として立っている文雄に、もうひとこと、午前二時ごろでした、と告げた。

文雄が寝床から起き出し、夢遊病のように歩き回ったのも同じ時刻だったのだ。

蝉の鳴き声がさわがしい夏休み前の暑い日。酒井の命日は、文雄の胸に刻み込まれた。

人が人を好きになることに理屈はないこと、人は老若に関係なく死ぬということ、世の中には不思議としか言いようのないことがあるものだ——と知らされた交友。文雄が老境に至ってもなお、色彩感を伴ってよみがえるみずみずしい人生体験である。

中野義郎

小学校の同級生で、岡商でも同級生となった。兄が岡商の五年生におり、家へ遊びに行くと、しばしば五年生グループの〝会合〟に同席することを許される。〝会合〟では、文雄には訳のわからない会話がやりとりされ、たばこの煙が色濃く漂い、時には酒を回し飲みする。禁じられていることを平気でしているではないか。

部屋にたむろしてさざめく五年生の姿は、隠微で秘密めいて、好奇心をかきたてた。それはいわば、危険な香り。文雄は同席を許されたことがうれしくて、誇らしく、彼らの一挙手一投足を憧れの目で見つめるのだった。

やがて中野義郎と文雄はそろって転校し、転校先で父兄召喚の事態を引き起こすのである。そのことは、あらためて記すことに……。

近藤温

会社の重役をしている父を持ち、兄二人、姉一人がいる末っ子。戦争激化、非常時下の物資不足で、衣類も中古品や粗悪な人工繊維製品がありがたがられているというのに、近藤は紺サージや黒サージの服を着ている。きめ細かく手触り滑らかなサージの学生服は、だれが見てもひと目で上等品とわかる。それを当然のような顔をして身に着け、級友とふざけ合って汚しても格別苦にしないのだ。文雄は粗末な自分の服が、恥ずかしく恨めしい。上着もズボンも小学校の時のものである。楽しみにしていた長ズボンは、半ズボンに黒っぽい布地を縫い足した母の手による再生作品だった。おれ、いやだなあ、上と下が色違いで、ひざに縫い目のあるズボンなんて恥ずかしくて……。

そう言うと「何言っとるだん。手で縫い合わせたのじゃないい、ミシンで縫ってある。

きれいな縫い目じゃないか」と取り合ってもらえなかった。

近藤家には文雄の家にない物がいくらでもあり、文雄は時のたつのを忘れた。家人の目から隔絶された静かな応接間があり、文字通り伸び伸びくつろげるソファーがあるのがいい。もっといいのは、電蓄——電動式のレコードプレーヤーがあること。

文雄の家には、手回しのゼンマイ式ポータブル蓄音機すらなかった。酒井や中野の家でハンドルを回して聴いたことがあったが、レコードは流行歌が多かった。それも楽しかったが、近藤のところはほとんどが洋楽で、それが新鮮な刺激と快感をもたらした。

電蓄は見るからに重厚で高級感がある。濃い茶色の、どっしりと大きな木の箱。頂部のふたを開け、回転盤にレコードを置き、アームを上げると回りだす。アームの端につけた針をそっとレコードに乗せてふたを閉めると、箱から滑らかで深い音が流れ出し部屋を満たす。ポータブル蓄音機が発する薄っぺらで乾いた音とは異質の音。体に、心にしみ込み、恍惚の世界にいざなう。文雄は音の違いに感嘆した。最初にひき込まれたのはアルゼンチンタンゴの「イタリアの庭」だった。

〈……マイ・ハート・クライズ・フォー・ユー・ダイズ・フォー・ユー……〉〈……アイム・ウェイティング・フォー・ユー……〉

歌詞など二の次だ。メロディーが醸し出す切なく甘美な幻想の世界に全身をゆだね、陶酔した。近藤が話しかけてくるのがわずらわしく、話の腰を折るようにして、何度も何度も繰り返しレコードをかけ、聴き入った。体の中を何かが走り抜け、何かが生まれるような充実感。

文学全集も文雄の家にはないものだった。うれしくなった。ヴィクトル・ユーゴーの「噫、無常──レ・ミゼラブル──」の存在をここで知り、あの「杜子春」以来の深い感動を覚える。空腹のあまり、たった一片のパンを盗んだために投獄され、やがて脱獄、そして成功者となり町の名士になるジャンバルジャン。再起のきっかけとなった神父との一夜の触れ合い。養家でひどい仕打ちを受けている少女を救い出し、引き取るジャンバルジャン。彼の正体を見破り必ず逮捕してやるとつけ狙う刑事……。分厚い三冊続きの長編を、毎日学校帰りに立ち寄って、むさぼるように読みふけり五日目に読了した文雄を見て近藤は「そんなに面白いのか」とあきれ顔でつぶやいた。

面白いというのとは違う。心が揺さぶられるような感動。はらはら、わくわくする興奮。善人と悪人、いや、人間社会の善と悪について考えさせられ、人の周りにある非情や偏見を思い知らせてくれる。とってもまじめで真剣な文学作品なのだ。しかし、面白いといえば確かに面白い。怪力の持ち主であるジャンバルジャンが、土に車輪をめり込ませて横倒しになった荷車の下敷きとなりもがく人を救出するところや、因業で強欲な夫婦とわがままな子供たちに虐げられている少女を解放するいきさつなど、映画を見ているように面白い。でも、面白いのひとことできめつけてほしくないと文雄は言いたかった。

近藤の次兄が、海軍の甲種飛行予科練習生に合格。〝七つボタンは桜に錨〟の格好いいフレーズで流行歌並みに知れわたった予科練の歌の合唱に包まれ、華やかな壮行の人垣に挙手の敬礼をして岡崎を去った。長身で百メートル、二百メートル競走の花形、精悍で戦時にふさわしい硬派青年の雰囲気を漂わせていた彼は、三カ月後、戦場に往くことなく校内で病死したという。そういう知らせがあったというのだ。その前に本人からの手紙ぐらいありそうなものだが、詳しいことを知らないのか知らされて

郵便はがき

料金受取人払郵便

名古屋中局
承　　認

9014

差出有効期間
2026年9月29日
まで

460-8790

101

名古屋市中区大須
1-16-29

風媒社 行

注文書◉このはがきを小社刊行書のご注文にご利用ください。

書　名	部数

郵便振替同封でお送りします（1500円以上送料無料）

風媒社 愛読者カード

書　名

本書に対するご感想、今後の出版物についての企画、そのほか

お名前　　　　　　　　　　　　　　　　　　　　（　　　歳）

ご住所（〒　　　　　　　　　）

お求めの書店名

本書を何でお知りになりましたか
①書店で見て　　②知人にすすめられて
③書評を見て（紙・誌名　　　　　　　　　　　　）
④広告を見て（紙・誌名　　　　　　　　　　　　）
⑤そのほか（　　　　　　　　　　　　　　　　　）

＊図書目録の送付希望　□する　□しない
＊このカードを送ったことが　□ある　□ない

いないのか、近藤は黙して語らない。上級生の理不尽なしごきに反発して激しい集団制裁を受け、それがもとで亡くなったのではなかろうか。文雄は、五十年以上たった今も、そう疑っている。

壁谷信一郎

色白、きめ細かな肌。まろやかで柔らかそうな頬、腕、手の甲、指。そしていつも濡れ濡れしている紅い唇。その口から出る声の、男とも女ともつかない音色。高い声でも透る声でもないのだが、男にはない潤いと華やいだ響きがある。文雄は壁谷に、女に感じるような魅力を感じた。壁谷は同級生よりも上級生や小学校の高等科を出て社会人になっている、二、三歳年上の硬派の若者に人気があり、下校時もたいてい数人と行動を共にしていた。

彼には、なよなよしたところや甘えかかるような態度は全くない。さばさばして男っぽいと言える。彼の生身の資質そのものが女性的なのである。彼が虚心に笑っても、周りの少年たちは、白い歯をのぞかせて開く紅い唇やアルトの笑い声に、男からは決して感じることのない刺激を感じてしまう。彼の手に触れられると、ふっと胸騒ぎを覚える。でも、壁谷自身はいささかの意図も計算もなく、自然に振舞っているのである。もし、意図的な媚を感じたら、文雄は壁谷を嫌悪、軽蔑し、ひょっとすると憎悪したことだろう。

壁谷の家は街の中央近くにある、がっしり造られた木造二階建てで、いつ立ち寄っても、薄暗く、ひっそりしていた。壁谷の母はいつも伏し目がちで寡黙、着ている着物も地味で、自分で自分の影を薄くしているような人だったが、はっとするような美しい女性だった。その家の二階を仕事場にしている和服の仕立て職人で、鋏や焼き鏝《こて》や物差しなどを使って仕事に取り組んでいる姿が、いつ行っても見られた。その姿を見るのが文雄は好きだった。分厚く幅の広い板を何枚も重ね、螺旋《らせん》の溝を切った鉄棒などの仕掛けで板と板の間隙を開いたり締めたりする道具に興味をそそられたが、話しかけるのがはばかられ。用途を聞くことがなかなかできない。ある日、思い切って

「これで何をするんですか」

と質問すると

「あ、それね、反物やお着物をたたんで入れて、圧力をかけてぴしっと折り目をつけるのに使うのよ」

さっと答えが返ってきて、そして、初めて笑った顔を見ることができたのだった。いつも物静かな立ち居振る舞い、沈んだ表情の人が初めて見せた笑顔は別人のように華やいで若々しい。意外な一面に接して文雄は、なぜか気持ちが弾んだ。自分の母にはない女の魅力に目を見張り、壁谷の家へ行くのが一層楽しくなった。

文雄は壁谷を通じて、世の中にはいろいろな人がいるものだということを強く印象づけられたのだった。

転校

酒井が亡くなると、文雄の件で酒井に殴られたあの上級生が文雄に〝仕返しの仕返し〟をするようになった。一回殴って終わりという一過性の仕返しならまだしも、いつ果てるかわからない陰湿、執拗ないびりである。

二年生に進級したとたん、中野が新五年生にセッポウされた。中野は級友の前でときどき、これ見よがしにたばこを吸って得意がっていることを知られており、兄が卒業したとたん標的にされたのである。校則破りの不良行為をしているという自覚があるだけに、中野は萎縮し、そして学校へ行くことを恐れるようになった。

「小高、おれ、学校、いやんなっちゃった」

「うん、そうだよなあ」

中野の弱音を聞いて、文雄の胸も重苦しくなった。あいつはまだ三年生だ。あいつが卒業するまで三年近くいびられるのかと思うと、つくづくいやになる。でも、こんなこと、だれに言ったたってどうにもなりゃしない。どうにもならないどころか、かえってひどいことになるだけだ。〈いやんなっちゃうなあ〉文雄もつぶやく。中野と顔を見合わせ、学校やめちゃいたいな、やめちゃおうかとうなずきあった。

二人は昭和十八年四月、県立岡崎工業学校へ編入学した。戦争がますます苛烈になる今の時代は、商業より工業を重視している。国策に沿うわけだからいいだろうと、両家とも転校をすんなり認めた。

戦争はいったい、どうなるのだろうか。終わるのだろうか。

終わる、ということは〝勝つ〟ことにほかならず、戦争の終わり、すなわち勝って決着がつく。そう信じて疑わなかった日本国民に、ばくぜんとした不安が芽生えはじめていた。三カ月か長くて半年で終わるだろうといわれた日支事変は、一年たっても二年たっても終わらず、四年五カ月後の十六年十二月八日からはアメリカなど世界の強国を相手の大戦争が始まった。開戦から一年と少し、十七年初めまでは勝報に次ぐ勝報に、軍をはじめ政府も国民も酔い、前途を楽観するばかりで、食糧をはじめとする諸物資の窮乏に耐えつづけながらも、不満や不安を格別意識するようなことはなかった。

それが、十七年春から変わりだす。四月十八日、日本本土が初めて米軍機に空襲された。東京をはじめ横須賀、名古屋、四日市、神戸が銃爆撃され、死者百四十五人、重傷者百五十三人、家屋百六十戸全焼という大きな被害に見舞われたのだ。政府の号令で、全国民に灯火管制の徹底が義務づけられた。どのビルもどの住宅も夜間、電灯の光が外へもれないよう、電球の上の傘に黒布を付けて垂らし、照明範囲を電灯直下に限定した。家族だんらんの居間が薄暗くなり、もちろん街のネオン、街灯も消えた。人々の気持ちも暗い影に覆われていく。

四月十八日の空襲で大きな被害に見舞われたと記したが、これはアメリカ空軍による日本空襲の小手調べにすぎず、ほどなく日本国民はこの日とはけた違いの大空襲にさらされ、大被害にあえぐことになる。

十八年四月、岡工三年生へ——。岡商から岡工へ変わったのは、いわば避難だったのに、転校早々、文雄はそれまで経験したことのない激しいセッポウを受ける。

呼び出しがかかり、覚悟をして後ろに従った文雄は、五年一組の教室へ入った瞬間、ぎょっとなった。クラス全員の机が一方へ寄せられて空間がつくられ、五年生たちは空間をなるべく埋めないよう四隅にへばりつくように立ち並んで、文雄に視線を注ぐ。わざわざ作られたこの〝空き地〟が、おれをやる場所だと直感した通り、そこで〝処刑〟が行われた。

周りを取り囲んだ二、三十人のうち何人が手を出したのかはわからない。十人ぐらいに代わる代わる殴られ、突き倒され、立てと言われて立てば足払いを掛けられて倒れ、やっと立つと次は腰投げ。痛みと屈辱と、抵抗できず逃走できずの袋のねずみにして集団暴行する者たちへの怒りで、頭に血が上った。

「お前、岡商から転校してきたそうだが、岡工には岡工の校風がある。岡商とは違うぞ」

「貴様の兄貴には、ずいぶんかわいがってもらったからな」

この二つがセッポウの理由だった。どちらも、こじつけである。転校してきて、なぜ、セッポウされるのだ。兄はここを昨年卒業しているが、そういうことに批判的で、一歩距離をおいていたと聞いている。

人垣の中で倒され、床に横たわったとき目に入った風景は異様に視野が狭く、一瞬、穴の底から見上げている自分の姿を見たような気がした。その一瞬の連想は記憶に刻まれ、数十年後の今も消えない。

岡商の、あのときと同じだった。
集団暴行の場合は、ある程度手加減するのが通例と聞いていたのに、あのとき一人だけ〝鉄拳制裁〟を繰り返した者がいたが、今度も一人いる。こいつに殴られるたび息が止まり目がくらむ。あのとき以上にしつこく残忍だ。何発やる気なんだろう。こいつの顔だけは覚えておかなくては……。嵐は、文雄が気絶したことで、ようやく去った。
転校してもセッポウから解放されず、文雄は絶望感にとらわれたが、成績は上がった。学習に励んだからではなく、英語や国語の授業が岡商のほうが進んでいたため、岡工では学習にゆとりができたからだ。一学期の学年成績は四番。単独でセッポウの対象になったことと好成績から、文雄は級友に一目おかれるようになる
それはいくらか文雄の気持ちを軽くしたが、文雄にとって救いとなったのは岡工に馬術部があったことだった。馬体に潜り込むようにして馬の脚をひざから曲げ、ひざ下脚部を自分の大腿部に乗せて抱え、ひづめの側面から裏まできれいにしてやることから新入部員の訓練は始まる。ブラシ、へら、ヤスリなどを使い、仕上げはタール塗

り。馬の腹の下や尻の後ろでかがむ怖さが、すぐ喜びに変わる。まかせきって気持ちよさそうにしている表情から、信頼してくれていることが伝わってくるのだ。

全身のブラッシングや飼い葉やり、引き綱を引いての徒歩誘導。上級生に引かれるときには快調に歩いているのに新入部員だと突然立ち止まり、なだめても引っ張っても動かなくなったり、かかとのあたりを踏みつけて痛いめに遭わせたりする。意外に重い鞍の脱着……。やがて、初めて馬上にまたがるときがくる。ちょっと怖さを感じる高さだ。情景が変わって見える新鮮な驚きと喜び。そして、歩き、さらに速歩をこなせるようになったときのうれしさは、まさに格別であった。

この年、二学期に入ると学徒勤労動員令が発せられ、中等学校、女学校の生徒に至るまで軍需工場で生産に従事するようになる。二十五歳以下の未婚女性は女子挺身隊員として軍需工場勤めが義務づけられた。駅の出札、改札や理髪師など十七業種への男性の就業が禁じられ、工場へ徴用される中年男が増える。

主食のコメは前年から大人一日二合三勺の配給制になっていたが、大豆やサツマイモが混じるようになり、さらにドングリの実をひいた粉や肥料用の豆かす、サツマイモのつるまでが主食として配給されるようになった。

砂糖が手に入らなくなって、菓子屋の店頭には既に前年から芋羊羹や芋あんの饅頭が並び、喫茶店でサツマイモが出され、それでも喜ばれた。文雄は英語の先生に頼まれて何度も芋あん饅頭などを自宅へ持って行き、深々と頭を下げられてどぎまぎした。

菓子店は一軒では立ち行かなくなり、全市全店舗がのれんを下ろして組合を設立、主人たちは一組合員として協同作業場へ出勤して働かねばならなくなった。小高屋の〈サカエさ〉たちはとっくにやめ、工場の徴用工になっていた。

文雄の父は組合通いするようになると元気をなくした。夜帰宅してから母に向かって、ぶつぶつ陰気な声でしゃべっている。ほとんど毎日である。そのうち話の内容がわかってくる。業界では自分より下位の浅野屋が大きな顔して人に指図する。口がうまくて押しが強いだけの人間が……。旭軒の要領のいいのには腹が立つ……。おれが何を言っても、取り上げようとしない……。みんな、わしをばかにしている。行くのがいやになった……。

「おとっつぁん、組合へ行かにゃいかんのか」

文雄が母に聞くと、悲しい繰り言が返ってきた。

「行かにゃしようがないじゃん、そう決まったんだから。おとっつぁんは、あかんなあ。ああ気が弱くて小さくて、どうするだん。人の前へ出ると、言いたいことが何も言えなくなって、ははあ、はいはいって、ただ頭ぁ下げるだけなんだから。ずうっと、若い時分からそうだもん、わしゃ、大船に乗ったような気になったこたぁ、いっぺんだってない。一家の主人なら、もっと主人らしく……」

文雄も父をおとなしい人、やさしく、気の弱い人だとは思っていたが、妻である母から初めて聞く夫の評価、父を軽蔑する泣き言は生々しくて、聞きづらかった。息子である自分が責められているような気がした。そして、おれは絶対そうならないぞと、自分に言い聞かせた。

文雄たちも軍需工場へ行くことになった。陸軍の最新鋭重爆攻撃機、キ67「飛龍」の胴体部分を造っており、そこは岡崎市内に三つあった大きな紡績工場の一つだった。

もともとの従業員に加え、県外からも送り込まれてきた動員学生や女子挺身隊員を合わせて二千人以上働いていた。

作業実技の基礎訓練からスタート。厚さ約三ミリの鉄板からL字型直角定規を作るのが第一課。鉄板を万力で挟み、ハンマーでタガネをたたいて少しずつ切り進む。なれないうちはタガネを握る指に当たって腫れあがり、タオルを巻いて恐る恐るハンマーを振るう。タガネ切りがすむとグラインダーでぎざぎざを取り、ヤスリかけ。目の細かいものに替えてゆきながら、どの面も水平に、どの角も直角になるよう整え、サンドペーパーで擦る。そして出来具合の検査。

家と工場を行き来する明け暮れだったが、文雄は楽しかった。けがをした指の治療に工場内の診療所へ行き、若くてきれいでやさしい声の看護婦さんに包帯をしてもらい、痛みを忘れた。毎日胸を弾ませながら通い、傷が癒えて診療所へ行く（看護婦さんに会いに行く）理由がなくなり、がっかりする。でも、資材受け渡し口のかわいい女子職員と口がきけるようになって、笑顔が戻る。

胴体製作現場へ配属後も、仕事そのものが面白く、働くことが苦にならなかった。

ジュラルミンの骨組みを取り付けた治具が作業所。鏡のように滑らかなジュラルミンの外板を治具に張り、内側と外側の二人が一体となって鋲を打つ穴を開け、エアーチックハンマーで鋲打ち。鋲のかしめ方がまずいと、骨組みの内側へ出した鋲の先端がゆがんでつぶれ、外板と骨組みがぴったり付かない。すると、どうなるか……。振動や風圧で外板がはがれ、飛行中に空中分解することになるのだと教えられ、身が引き締まった。

文雄は明るさを取り戻した。明るくなったいちばん大きな理由は、四年生、五年生が別の工場へ動員されたため、上級生の圧迫から解放されたことだった。久しぶりに、本当に久しぶりに文雄は伸び伸びと自由の喜びに浸った。

だがそれは、しばしの平安にすぎなかった。間もなく文雄は〝不良少年〟のレッテルを貼られ、学校を追われる事態を招いてしまう。

スカナオ哀歓始末（三）

ときめき

時々、家の前の往還通りや近所の裏道で見かける〝セカンドマダム〟が、いつの間にか、もんぺ姿に変わっているのに胸を衝かれた。やっぱりあのひとだってこの非常時、お上《かみ》の号令に沿った服装に改めなければならないのだ。あのひとが、もんぺをはいて出歩くなんて……。

でも、もんぺといったって、生地にも、仕立て方にも、白足袋の白の、目にしみるような凜とした清潔感にも、あのひとの気配りがにじむ。それに、すっきりした目鼻

だちや肌理の細かい色白の肌が、あのひとの美しさを際だたせている。

「ねえねえ、タカちゃん、あのひと……」

「うん。よく出会うなあ。そう遠くないところに住んでいるんだ、きっと」

二人がささやき合って視線を向けているのを、あのひとは気づいたか気づかなかったか、ちらっとこちらを見たような、いや、かすかに笑みを浮かべたような……。しかし黙々とすれ違い、ゆったり去って行く。その後ろ姿を、二人立ち止まって見送る。

去年までは、色柄あでやかな着物に粋な塗り下駄を履いていたのだった。雨の日は下駄につま皮を付け、しゃれた和服用雨コートで身を包み、そして、蛇の目傘をさして歩く姿の絵のような光景。傘の色を映して、ぽっと上気したように赤みを帯びたあのひとの伏し目がちの面持ち……。

「何しとるひとだろう」

「そこらの奥さんとは違うよな」

「うん。でも、芸者じゃないと思う」

「芸者には見えん。けど、普通の奥さんとは違うぞ。何しとる人か、興味あるな」

十代半ばになろうとする文雄と、四つ年上の次兄隆雄が、持てる知識と想像力を挙げてたどり着いたあのひとの身分は、結局、お妾だった。二人は、うなずき合った。でも、いつも控えめな物腰で、ちょっと愁いをふくんだような、あの上品なひとを妾呼ばわりしたくなかった。

以前、靴製造販売店の主人——あの覚恩寺仲間のいじめっ子、三公の父——があか抜けした背広を着て行くのを横目に〈サカエさ〉が「へっ、大将、浮き浮きしてお出かけだね。どこへって、お妾さんとこさ。去年まで別の旦那の妾をしていた女でさ、ひとのお古を二号にして、うれしそうな顔してんだから、おめでたいひとだね」と口走った侮蔑の言葉の中心に位置する〝妾〟を、あのひとに冠したくなかったのである。

「あのひとじゃ、だれのことかピンとこないし、二号さんでもなんだか、いやらしいし」

「芸者でも奥さんでもなくて、勤めに行く人にも見えない。じゃあ……踊りのお師匠さんか?」

それで、意味するところは同じでも、いやな響きを薄めようと〝セカンドマダム〟

と呼ぶことにしたのだった。兄弟が思春期の一刻、ほのかな恋情を寄せる年上の女性にささげた、二人だけに通用する造語。

セカンドマダムの面影は、文雄が飛行機工場へ動員されたのを境に、足早に遠のいていった。彼女も女子挺身隊員として軍需工場で働かされるようになったのか、ぱったり顔を見かけなくなったから。それもあったが、それ以上に、文雄の身近を若い女性が日常的に行き交うようになったからだ。

女子工員、女子挺身隊員、そして女学生。

校庭を横切っただけで停学もの、といわれていた女学校。あこがれと好奇心の対象で、しかし、手の届かない遠い存在だった女学生が同じ工場で働いている。毎日、周辺で女学生の姿を見られるようになり、文雄は高揚した気分に浸った。三人兄弟の末っ子は、経験したことのない新鮮で刺激的な明け暮れに心弾ませた。

幸せだったが、幸せは長続きしなかった。一人の生徒に関心が集中するようになり、その少女の顔が頭から離れず。切なくて、胸苦しい日々が始まったからである。

岡崎高等女学校の一年生。クラス全員で体操している時、通路ですれ違う時、始業前の点呼の時、その顔を見ると安心する。一日顔を見ないと、どうしたんだろう、病気かしら、作業中にけがをしたのではないだろうかと気がかりで落ち着けない。翌日、顔を見るとほっとし、うれしくなる。が、うれしさはたちまち消え、切なさがとって替わる。

恋、というものだろうか。あのこに恋したのだろうか。そうだ、そうなんだよ。

——文雄は自問自答する。

少女は浅黒く、ちょっと見は地味で目立たないが、文雄の中では、見るたびに魅力が増していった。黒目がちの双眸に寂しげな影が漂い、心優しそうだ。ちょっと引っ込み思案で心細げに見える。それらが醸し出すロマンチックな雰囲気……。

雑駁な男の中で育ち、軍国主義をたたき込まれ、セッポウに耐えてきた文雄にとって、少女は自分とはまったく異質な優雅な世界にすむ優美な人間と映り、強く惹かれたのだった。

二、三週間もしたろうか、すれ違った機会に素早く胸の名札に目を走らせ「木暮」

の二文字を読み取ると、文雄の意識の中で少女は、明確な形をもつ存在として定着した。焦点のない「女学生」から「木暮」という固有名詞で想起することができるようになって、文雄の気持ちはなぜか揺らぎがいくらか収まった。

フルネームを知り、交際する間柄になりたいという願望はあったが、それは実現することのない夢なのだ。どうしようもない世界のことなのだと、文雄は観念していた。それは自制心や分別などではなく文雄を取り巻く時代の情勢がもたらしたブレーキのせいだろう。

波動

作業の担当分野に伴ってクラスが二つに分けられ、文雄は一方の班長をさせられていた。服にそれを示す襟章を着けて、ちょっといい気分だったが、そんなことよりも、やはり動員されてきたあの三公――鈴木が、別の学校の生徒でありながら文雄の職場を訪れ「フミちゃあ、仲間に入れてや」と世辞笑いをふりまいたことのほうがもっと気分よく、誇らしくもあった。

すでに同級の中野と、中野と親密な亀井が文雄を中心に仲間意識で結ばれていたが、二人とも、長身で見栄えのする鈴木を歓迎し、即座に「これから四人、しっかり手を結んでいこう」とうなずき合った。そして、仲間の名を付けようと話が弾み、あれでもないこれでもないとやりとりするうち「スカナオ組」に落ち着く。四人の名字をカタカナ書きして、その頭の一字を組み合わせたもので、四字の配列は、口にしやすいのと、海外で民衆のために命をかけて戦う日本男児を主人公にした国策映画「マレーのハリマオ（虎）」の「ハリマオ」を連想させるところから一決。たわいないものだったが、清水の次郎長の清水一家と比べりゃ月とすっぽんでも、団結の強さじゃ負けないよなと軽い興奮を覚える。「親分は、フミちゃんだ」――中野が言うと三人が同調し、文雄が機械的にうなずく。うなずきながら、これは仲良しグループなんだ。スカナオ一家とか親分とか、そういうことを言ってみたいのだ。ほかの同級生とは違う特別の仲間であることを確かめ合いたいからなんだと思った。

集団の中で拠り所をつくって安心したい。そこに、ちょっと格好のいい装いを付け加えたいといった遊び心が「スカナオ」だったのだが、ほどなく、遊びではすまないことに巻き込まれる。

「小高君、また殴られた。今度は××がやられた」

「きのうもやられた。△△と○○の二人。一人じゃ危ないって、二人離れないようにしていたちゅうけど、向こうは八人だもんな」

文雄の耳にひんぴんと被害話が届けられるようになった。

その八人は同年齢の養成工である。小学校高等科を卒業してすぐ入社し、企業内の技手養成学校生になって日中働き終業後学ぶ。三年後には、技手補となり、次いで技手となって技師を助ける。さらに、勤務成績優秀なものは試験を受け、合格すれば技師に登用される道も開かれている会社子飼いの人材。

彼等は、年若い女子工員たちの熱い視線を浴びて、工場を闊歩していた。それが、学徒勤労動員令で一変した。左腕に「学徒」の腕章を付けた若者が現れると、娘たちの視線は彼等に向けられるようになったのだ。時には花形気分も味わうことができたよき日々は、嫉妬と羨望の日々に入れ替わってしまった。「あいつら、仕事もろくすっぽできないくせに、いい気になりやがって。いっちょう、やっつけてやらにゃいかんな」——肩で風を切っていた八人組が、うっぷん晴らしに襲撃を繰り返しているのだった。

「先生んとこへ言いに行ったのか」

「行ったさあ。何度も、何人も行ったよ。そいでも、だめなんだ。なんにもしてくれやせん」

「ほうだ、ほだ。そいだもん、やられるやつがなくならん。先生に言ったってあかん。工場側へ、文句言いによう行かせん」

「フミちゃあ、このまんまじゃ、まただれかやられちゃう。泣き寝入りしとっちゃ、あいつらになめられっぱなしだがや」

口々に訴える同級生たちの思い詰めた顔を見るうち、文雄は引っ込みがつかなくなって言ってしまう。

「よし、やったる」

そばにいた中野ら三人に相談をもちかけることなく約束してしまい、口にしてしまってから三人に「な、やろうや」と同意を求める。「おう、やったろうじゃん」即座に声が返り、大きくうなずいた。

八人組のボスは大高、四人組は小高。大と小の喧嘩とは面白い。人数も大小だもんな。噂はたちまち少年たちの間に広まったが、何事もなく五日、十日と日が過ぎた。双方とも、事を起こすきっかけをどのような形にするか決めかねていたのだ。

が、偶然きっかけができる。

広い工場内が静まりかえり人影まばらな昼休みどき、中央通路の一方の端からスカナオ四人組が談笑しながら行くと、もう一方の端に八人組が現れた。初めはそれと気づかなかったが、双方ほとんど同時にお互いを確認し、どちらも変わらぬ歩度で進む。目がそらせない。八人横並びの真ん中あたり半歩前に大高……。

「あんたが大高か」

文雄が口を切った。

「おう。おまえか、小高って」

「そうだ。おまんたち、おれの同級生、何人も殴ってくれたそうだな」

「それがどうした」

「やるか」

「おう。いつ、どこで」

「あしたの昼、いまごろ、第三工場東の空き地」

「よし、決めた」

また三人に相談せずに決めてしまった。相談する間《ま》がなかったのだから仕方がないさ。大高だってそうだったんだから。文雄が黙っていると、三人は「いよいよ、あしたは決戦だ」「四対八か。暴れるぞう」などと目を輝かせて話かけてくる。

四人対八人。こりゃ、えらいことだ。文雄は寡黙になり、仲間がはしゃいでいるような明るい表情に見えるのが、頼もしくもあり、不思議でもあった。そんな三人を見ていうち、責任の重さを意識して息苦しくなる。

四人そろって第三工場東の空き地を見に行く。

「よし。人目につかないし、広さもたっぷりだ」

「長びいたら負けだぞ、敵は二倍だもんな」

「まっさきに大高をやろう。大将がやられりゃ七人はオタオタする。おれが、やる。他の連中は、おまんたち、頼むぞ」

必勝の名案は浮かばず、出たとこ勝負で全力を振るうまでさ。もし負けても悲鳴を上げないようにしよう。それを作戦会議の締めくくりとして、文雄たちが職場へ戻りかけたところへ、同級の竹内と大久保が現れた。

「八人組とやるなら、おれたちも仲間に入れてくれよ。いいだろ」

二人は三河湾の海岸べりの町から汽車通学している漁師の息子で、どちらも体格がよく、相撲をとらせればいつも一、二位を占め、こせこせしたところのない豪傑肌の快男児。文雄は一目置き、好感を持っていた。

心強い助っ人が加わり、目の前が明るくなった。戦力が飛躍する。でも六対八、不利に変わりない。しかし、負けたりしては加勢してくれた二人に申し訳ないし、だいいち、クラスのみんなの期待を裏切ってしまう。勝つしかない。必ず勝つと自信たっぷりにして仲間を見回したが、本当は自分を励ましていたのだった。

翌日、約束の場所へ向かう途中、文雄は一人、仲間から離れた。

「まだ時間があるから、ちょっと用事をすませてくる。すぐ走って行くから」

工場敷地内の一角に小造りな神社が鎮座し、武運長久、聖戦完遂、作業安全などと墨書きした旗が立っている。文雄は深々と頭を下げ、かしわ手を打ち、必勝祈願をした。一人隠れるようにそんなことをしたのは、恥ずかしかったからだ。神社に参拝したところでどうなるものでもないと承知していた。しかし、そうせざるを得なかった。そそくさと二礼二拍手一礼しながら「負けませんように」とだけ祈って、後を追う。駆け足で二、三十秒後、約束の場所が目に入ると文雄は狼狽した。戦いが始まっているではないか。おれを待たずに始めてしまうとは……。戦端を開く肝心な時に居合わせなかった無念さ、後ろめたさ。

乱闘である。いつも柔和な笑みを浮かべている竹内が、目をつり上げ顔面を紅潮させ、初めて見る凄い形相で、二人を相手に殴ったり殴られたりしている。とっさにその一人に体当たりしてはねとばし、文雄は「大高ァ、一対一でこい。ほかの者ァ手ェ出すな。休戦だぞォ」と怒鳴った。中野を追い詰めていた大高が振り返り、うおーッとわめきながら駆け寄る。ボクサーのように両拳を構え、上体を小刻みに揺らしながらにらむ。威嚇と様子見だ。――喧嘩なれしているようだな。ためらっていては、やられる。先手、先手で攻めまくる以外に勝機はつかめないぞ。――あえて両手を下げた隙だらけの体勢のまま、さっと間合いを詰め、同時に左の拳を突き出した。顔面にではなく、胸にである。バシッと当たる。反射的に大高の意識が胸に移動した瞬間、文雄は右拳をまっすぐとばして鼻柱わきを一撃。顔をのけぞらした大高が一歩下がって体勢を立て直し、攻勢に転じる機をうかがう。

その時、異変が生じた。

カッカッと硬質の靴音が近づき、その人物がいきなり大声を発した。

「ばかもーん、なにやっとるんかッ、お前らッ。やめんかァ、やめろッ」

工場監督官だった。陸軍将校の制服制帽、腰のサーベルをガチャつかせ黒光りする長靴を履いた、工場長以上の権威者。校長には一歩引いたところを見せる文雄たちの学校の配属将校と違い、ばりばりの現役で、階級も三階級上の少佐。日ごろ、言葉をかけることもかけられることもなく、身近で見るのはこれが初めての偉い人である。十四人の乱闘は中途半端の状態でぱたりと止まった。

なぜ監督官の知るところとなったのかはわからない。彼は双方の監督責任者を呼びつけ、工場長ともども厳重注意することだけで一件を収束させた。波紋が広がらないように、増産の大方針に少しでもマイナスをきたすことのないように、との配慮が働いたようだ。

文雄たちは職員室で校長訓戒を受けたが、二度と騒ぎを起こさないように、といったあっさりしたもので、親たちへの通告もなかった。同級生が何人も殴られ、教師に訴えて以後も被害が続いたため、見るに見かねたのですとの弁解が事実であったのと、乱闘に加わった者が先方より少なかったこと、そして、全員軽傷だったことが勘案された。

〈十四人が乱闘して全員軽傷〉これは特筆しておきたい。

場所が工場である。ハンマー、鉄棒、たがね、古やすりを活用した再生刃物など、喧嘩相手をやっつける凶器は手の届くところにいくらでもある。しかし、一人としてそれらを使用しようとしなかった。つまり、武器を使うという発想がなかったのである。喧嘩は素手でするもの。道具を持って喧嘩するのは卑怯であり、恥ずべきことなのだとタブー視していた。相手も、〝きれいな喧嘩〟をするはずだ。文雄グループも大高グループも、そう信じて疑わなかった。それは少年たちの〝仁義〟であり、〝格好よさ〟であり、いわば喧嘩のルールであった。非行少年と呼ばれる現代っ子たちが引き起こす刺殺、刺傷事件が各地で相次いでいる悲惨事と対比せずにはいられない〉

その日を境に大高たちの襲撃はぴたりとやんだ。やんだだけでなく、大高が文雄の職場を訪れ「悪かったなあ。ごめん、な、これからァ仲良くやっていこう。仲間になろうや」と申し入れしてきた。スカナオの面々も、竹内も大久保も即座に同意し「ふうん。きのうの敵はきょうの友か。面白いじゃん」と笑顔を見せた。翌日の昼食後、双方十四人が食堂の一隅で肩を寄せ合い、ちょっと興奮しながらとりとめのない話を交わしたり握手したり、約三十分。それで和解成立である。

翌日、文雄に女性の訪問客があった。

エアチックハンマーで鋲打ちに熱中していると、ふっと人の気配を感じて見上げる。文雄の顔に女の顔が覆いかぶさり、

「あんた、めちゃしたらだめよ」

それだけささやいて胸ポケットに何か押し込み、さっと風のように去った。えっ？　なに？　と問い返す間もない一瞬の出来事。

ポケットには、小さく折りたたんだ紙片が入っており、広げると「お話があります。今日、帰りにS小学校の正門付近で待っていますから」。鉛筆書きの、手なれた文字に、文雄は呆然と見入った。

菊池愛子。十九歳。長野県松本市近くのS町出身。高等女学校卒業後、家事手伝いをしていて女子挺身隊に動員され、岡崎へ……。

数え十六歳の文雄から見れば十九歳の女は、自分とは違う大人であり、別世界の人と映る。周りの娘たちが髪を三つ編みにしたり束髪にしたりしているのに、愛子は断髪。大正から昭和初期にかけて世間の注目を浴びたモダンガールを連想させるヘアスタイルをしており、目立つ。

文雄は好奇心にとらえられた。

初冬の午後五時半、辺りはもう夜の気配。電柱の上方に付けられた電灯の光を受けて、愛子はひっそり佇んでいた。無言で近寄ると、少し歩きましょうと言って先に立った。

「わたしねぇ。あなたのこと、やんちゃな弟のような気がする。放っておけないの」

愛子は振り返り、文雄のわきに並んで同じ歩度で歩く。

「めちゃしたらだめよ。退学になるわよ。あなたたちの噂、工場中にぱっと広がってしまって……。これから、何か言いたいことがあったら、わたしに言うのよ。ね、なんでも言って」

「うん」

文雄が生返事をしてうなずくと、左手が柔らかく温かいものに包まれた。愛子の手だった。胸がドキドキしだす。文雄は異性と手をつないで歩くのは幼稚園のとき以来のこと、女性に関心を抱くようになってからは初めてだった。

一週間に三、四回会い、工場近辺を散歩して別れる。愛子が質問し文雄が言葉少なに答える。大人の女に何を、どのようにしゃべったらいいのいか、文雄にはまるで見当がつかず、何日たっても戸惑いと気恥ずかしさを引きずっていた。しかし、冷静さを失うようなことはなかった。といっても、文雄が格別抑制のきく資質の持ち主だったからではなく、愛子が時として三十過ぎのおばさんに見えたのと、好みの容貌ではなかったからだといえよう。でも、しっとり湿りのある滑らかな手に指を握られ手を包まれるのは心地よく、胸が熱くなる。

愛子は自分の家庭環境や育ちのことはあまり話さなかったが、文雄のそれは、日ならずしてほとんど洗いざらい聞き出し、次兄の隆雄に関心を示した。

兄貴を紹介するときっと喜ぶぞと直感した通り、愛子は、隆雄に会った日から笑顔が増え、媚を表すようになった。ことに隆雄の前では年相応にはしゃぐ、別人のようなかわいい女に変身する。それを目にして文雄は、やっぱりなと得心するのだった。

文雄が小学校二年、隆雄が六年の時、六年生とおぼしき女子から「これ、お兄さんに……」と手紙を渡された。それを何回も繰り返され好奇心をかきたてられて以来、驚かされつづけている。このごろでは、主人を戦場に送った農家へ一日、学校から勤労奉仕に行かされたのがきっかけで、その家の主婦——出征兵士の妻に好かれて泊まりがけで歓待を受けるようになったばかりか、その家の娘——主人の妹にも慕われているようである。

男前だ、いい男だなんていう、うわつらだけのことで、なぜ差をつけるのかと、女にはがっかりさせられる。でも、そう言う自分も女に対して同じような尺度で差をつけているではないかと、文雄は自分にもがっかりする。

容姿の占めるものは小さくはないにしても、男女の仲はそれだけでは続かないし深まりはしない。隆雄がもてるのは男前だからだけではないのだと思い至るのは、文雄が人生をじっくりかみしめることができるようになる初老期を待たねばならない。

言葉の端々や表情などをひっくるめた雰囲気にも、もの欲しげないやらしさがない。だれにも気軽に話しかけ、すっと懐へ入っていくマイペースを通しながら、警戒感や不快感を抱かせないさらっとした人当たりのよさ。そして、何かにつけて前向きの考え方と行動力を発揮する。つまり、人柄の占める要素も小さくはないのだ。

「文ちゃん、あなた、だれか好きな子できた？　女学生の中にいるんじゃないの」

愛子に問われ、文雄は反射的に「木暮」の二文字と、その人の顔を思い浮かべた。

「うん……」

「いるの？」

「うん。いることはいるけど」

「その子、文ちゃんのこと知ってるの」

「知らないさ」

「ふうん。その子、学校はどこ。職場はどこなの」

「そんなこと聞いて、どうするの」

「文ちゃんのこと、話してあげようと思って」

「だめ、だめだよ、そんなことしちゃ」

「でも、好きなんでしょ。教えなさい」

「そりゃあ……。それでも、いけないんだ」

その日、工場の帰り道、二人肩を並べて歩いているところを、学校の若い教員助手に見られた。すれ違いざま、まじまじと見つめ、無言で遠ざかる後ろ姿を見送りながら、文雄は、まずかったかなと思う。その不安を、ひょっとして彼は羨ましかったかもしれないぞと得意がる自惚れが押しのけた。

文雄は女学生の名を言わず、兄とのことを聞かず、二十分ほどで愛子に背を向けた。

翌日――昭和十九年十二月七日。

昼休みが終わって午後の作業が始まり、仕事に身が入り出した午後一時半ごろ（記録によれば、一時三六分）。

キ67「飛龍」の胴体を造る作業台・治具に乗って、ジュラルミン板を骨組みに張り付ける鋲打ち。このごろは手なれてきて緊張感を欠くようになってきた。午前中に両面とも仮張りしてある内側で鋲打ちをする文雄は、トンネル内にいるような錯覚を覚える。外側で鋲の頭に重い鉄の押さえ具を当てている仲間とペアでの作業。治具内にこもる機関銃のような激しい断続音と、手、腕に伝わる小刻みな律動が思考力を奪う。仕事をする身が仕事の流れに引きずられる漠とした一刻を漂いだす。

あれッ揺れる。どうしたんだろう。おかしいぞ。だれかが治具を揺さぶっているのか。まさか、そんないたずらするやつ、いるはずないよな。まだ揺れている。作業できない。おうい、どうした。文雄が外の仲間に声をかけた直後、体を持ち上げられ、左右に振り回されるような激動。立っておられず、しゃがみ、治具から下りたが、床も揺れている。周辺の作業音がやみ、女子従業員の悲鳴がそこここで一斉に上がる。「地震だ！」「大きいぞ！」男のだれかが叫んだ。若い女たちが、木枠の台に横たえられている飛龍の胴の下へもぐりこもうとする。「だめだ、そんなとこ、危ないッ」文雄は反射的に叫んだ。「じゃ、どうするのォ」「外へ出るんだ」

工場が倒壊すれば胴体は台から転がり落ち、下にいればつぶされてしまう。とにかく外へ出なければと思った。早く外へ出ようとするのだが、走れない。歩くことすらできない。床が波打つのだ。文雄の腰にしがみつこうとする二人の娘ともども尻もちをつく。つり下げられている電灯がブランコのように揺れ、壁面の白い上塗りがはがれ落ちて飛び散る。ほこりが舞い上がり、煙がたちこめたようだ。

這うようにして、やっと出た工場の外で、地面が揺れ動くことに、文雄は経験したことのない底知れぬ恐怖に襲われ動転した。大地不動じゃなかったんだ。

外の広場では、プールほどもある大きな防火用水池の水面が波立ちはね上がり、前方、別棟の工場にそびえる鉄筋コンクリート造りの大煙突が左右に揺れ動いている。無言の、青ざめた顔が重なり合い、うつろな目で眼前の異変に見入った。

揺れが収まった。工場も倒れずにすんだようだ。ほっと我にかえった文雄は、遠くから伝わってくる女の叫び声に気づいた。叫び声——いや、悲鳴だ。空気を切り裂くようなかん高い声。その中に、心の底に染み込んでくるような悲しい響きがこもっている。

「ヒー、ヒー」でも「キャー、キャー」でもない、文字では表せない叫び。言葉はひとこともない。だが「助けて、助けて」と、救いを求めているのがわかる。早く行かなくては。

同級生のことも、教師のことも、学校のことも頭から消え去り、文雄は声のする方へ、声のする方へと走りつづけた。

悲鳴は、呼吸と同じ等間隔で繰り返され、中断することなく続く。肺腑をつくようなとは、このことを言うのだろう。文雄は胸を刺されるような思いにあえぎ、無人の工場を通り抜けて、そこへ着いた。

そこで目にした光景は文雄の眼底に焼き付き、何十年もの時を経過した今も鮮烈によみがえり胸が痛くなる。

煉瓦塀が倒壊し通路が覆われている。通路がぐっとせり上がって煉瓦盤と化した一隅に、女学生がいた。いたといっても上半身が見えるだけで、下半身は煉瓦盤の下。色白の頬が紅潮し、まぎれもなくその口から悲鳴が発せられているのだ。

屈強な男たちが次々と集まり、煉瓦の割れ目に手をかけ持ち上げようとするが、びくともしない。「すぐ助けるぞ」「頑張れッ」。角材が二本、三本と持ち込まれ、梃子にしてこじ上げようとするが、動かない。悲鳴は続き、男たちは焦り、顔をひきつらせながら慌ただしく動き回る。文雄も角材に手を重ねながら、己の力、人力の無力さを思い知らされ、泣きたくなった。

「仕方がない」「やむをえん。ぐずぐずしとると、間に合わんぞ」

鏨《たがね》と大ハンマーが持ち込まれた。煉瓦と煉瓦の目地に鏨を打ち込んで煉瓦盤を割って引き起こすしかない。鏨をたたく下に少女の体があると承知しながらの決断。時間がない。これしか方法はないのだ。文雄にも、それしかないと判断できる状況だった、作業は一気にはかどり、厚さ四十センチはある煉瓦盤が取り除かれ、少女の体が担架へ移される。悲鳴がぱたりとやみ、紅潮していた顔が、すっと白っぽくなった。もんぺの下半身は血と体液でぐっしょりぬれ、そして、セーラー服ともんぺの間から胃袋が飛び出している。担架が持ち上げられると、それが垂れ下がって……。

その場で少女は亡くなった。苦悶の跡も恐怖の跡もない。穏やかな表情だった。最期に、助けられたことを知って安心したのだろう。それがせめてもの救いじゃないか。文雄はやり切れなさに胸を詰まらせながら、そう思った。

いつの間にか周囲にロープが張られ、立ち入り禁止の措置がとられており、文雄はその中で救助用員の一人とみなされていた。男たちが持ち場に戻り始めた時、だれかが叫んだ。

「おいッ、まだいるぞッ」

自分たちが立っている煉瓦盤の割れ目の間から紺色の服の一部が見えるではないか。

再び大ハンマーが振り下ろされ、女子従業員四人の圧死体が搬出された。

眼前で息をひきとった女学生の顔、つぶされ平たく変形した若い娘たちの顔が重なり合って文雄の脳裏にこびりつき、いつまでも何事かを語りつづける。

広場で三年生全員が整列しているところへ文雄が駆けつけたのは、日の短い冬の陽射しが陰りだした午後四時ごろだったろうか。教師に敬礼すると、いきなり殴られた。お前だけ所在がわからん。心配させおって、この馬鹿者がと頭ごなしで、事情説明できない。だが、説明して、信じてもらえただろうか。自分でも信じられないような出来事だったのだからと、文雄はあの日を思い出す。

あの日の夕暮れの空は異様に赤く、天変地異があった日はこのような現象もあるのかと畏怖を感じながら、皆一様に押し黙って振り仰いだ。

愛知、三重、静岡に大被害をもたらした、この「東南海地震」の翌日、各新聞とも社会面の片隅に〈被害軽微〉と小さな扱いで報じただけ。この年、日本はガダルカナル島の決戦に敗退、二週間前の十一月二十四日には東京空襲。

東南海地震の翌月の昭和二十年一月十三日午前三時三十八分、愛知県三河地方を中

心とする「三河地震」発生。文雄たちは屋外へ逃げ出し、予震におびえ、道路で布団にくるまって朝を待った。同じように路上に横たわる人々が往還通りの両側にずらり、目の届く限り延々と連なる異風景が二夜つづき、竹藪で寝起きする家族もあった。

両地震の被害は、死者・不明者三千五百二十九人、負傷者六千八百人、住宅・工場の全半壊十四万八千棟。

大本営は「銃後の士気を低下させてはいけない」と、真相をひた隠しに隠し、報道管制を徹底させたため、県民、国民が惨状を知るのは戦後を待たねばならなかった。戦況が劣勢となり、負け戦が相次ぐようになっても偽りの大戦果を発表しつづけたのと軌を一にする対処である。

半田市の東洋紡績半田工場（中島飛行機の大工場）では、半田高女生徒二十九人、地元小学校高等科の八人、県内外の中学生、一般従業員ら計百五十三人が圧死した。地盤が軟弱だったうえ、大正・昭和初期の紡績工場特有の煉瓦積み建物、鉄筋が入っていない煉瓦造りだったことが、被害を大きくしたのだった。

この大惨事も報道を禁じられ、その結果「半田の中島飛行機では千人もの女学生が死んだそうだ」と増幅され、秘中の真相としてささやき交わされた。報道規制が流言飛語を生むに至る一事例である。

「上からは空襲、下からは地震。日本は負けるかもしれんなあ」

勝利を信じて疑わなかった軍国少年たちの高揚感が消え、暗い不安がふくれあがった。

三月、小高家の若者は文雄一人になった。既に二度目の応召兵として入隊していた長兄につづき、次兄隆雄にも赤紙（召集令状）がきたからである。文雄は、兄たちがいなくなった解放感とともに心細さ、それに、しっかりしなければとプレッシャーを意識する。隆雄は、中支（支那＝中国中部）派遣陸軍第五航空軍第百六十六独立整備隊に入隊、すぐ幹部候補生教育を受けるよう指示され、士官養成学校の入学試験に合格。その便り以後、隆雄からの軍事郵便は届かなくなった。

四月、文雄は四年生に進級。そして一カ月たつかたたない間に、連続して事件を引き起こした。

三月に卒業した五年生と新五年生数人の一団と街で出逢い、型通りにさっと敬礼する。その時、はっきり聞こえた。

「小高だ。張り切っとるちゅうぞ。しっかりセッポウしたれ」

声の主は、忘れもしない〝あいつ〟だった。転校生に岡工魂を入れてやると、おれを袋だたきにした五年生の中で、いちばん執拗に、いちばん手ひどく殴ってくれたやつ。卒業したのに、まだおれをやるよう指図するなんて。

即座に文雄は決断した。

名前は知らないが、あいつの家は知っている。学校帰りに偶然、あいつが玄関の引き戸を開けて入っていくのを見ている。

翌日の夕食後、文雄はその家を訪れ、あいつを連れ出した。表札の名字を読み取り、梶原君いらっしゃいますかと頭をさげると、母親らしい家人が文雄の学生服を見て、奥へ声をかけた。

文雄を見て一瞬、怯んだ表情をした梶原は、すぐいつもの、下級生を見下す上級生のゆとりを取り戻し「なんだ小高。なんか用か」と言いながら外へ出てきた。

「あんたが上級生じゃなくなる日を待っていたんだ。上級生を殴るわけにゃいかんからさ」

「ふうん。仕返しするちゅうんか」

「あんたにゃ、ずいぶんやられたもんな。でも、僕ァ、あんたのように大勢で一人をやるようなことはせん。一対一の勝負だ」

「そうか。よし」

五、六分歩いて石段を上がった寺の境内で向き合った。どちらかが参ったと言ったら、それでやめる。勝っても負けてもこのことは人に言わず、今日限り水に流す。文雄が提言すると、梶原はわかったと言いながら上着を脱ぎ、あの八人組の大高と同じように両拳をボクサーのように構えた。十センチはある身長差。十代の半ば、二歳の体格差、体力差は大きい。文雄はのっぴきならないこの場になって、無鉄砲な自分を笑った。

全力を挙げてぶつかるだけさ、負けたって恥ずかしくはない。相手は二年上級なんだから……。文雄が一歩踏み出すと、梶原がちょっと下がる。つづいて、目を疑うようなシーンを見た。

「ごめんください。許してください」

梶原が土下座したのである。地面にへたりこんで哀願している。どうしたんだ……。どうしよう……。

文雄の復讐劇はあっけなく終わった。なぜか気恥ずかしく、なぜか後味が悪い。あんなやつと決闘しようとした自分が馬鹿に思え、土下座されても何も言い得ず、何もしなかった自分が歯がゆい。


「お兄さんから手紙、くる」

菊池愛子から話しかけられる頻度が、また増えた。

「女学生の、そら、好きだって言ってた子がいたでしょ」

「うん」

「お付き合いしてるの」

「いいや。そんなことできやしないよ」

「そう。でも、文ちゃん、好きなんでしょ、あれからずっと」

「そりゃあ……」

「名前、教えて」

「聞いてどうする?」

「どうって、どんな子か知りたいから。文ちゃんの好きな女の子、どんなひとか興味があるな」

「木暮……。でも、僕のこと言っちゃだめだよ」

つい口走ってしまった翌日、愛子が笑顔で寄ってきた。

下の名前もわかったよ、木暮美沙紀っていうの、あの子。二年生になったのね。小高くんがあなたにあこがれてる、お付き合いしたがっているって。それから、小高くんは優秀なのよって褒めておいたわ。あした返事を聞いてくるからね。

ちょっと得意そうに話す愛子の、〝報告〟を聞いて、文雄はぎょっとした。なんてことをしてくれたんだ。まずい。よくない……。

文雄の予感は的中した。

二日後、文雄は担任教師に詰問された。女学校から、お前のことで抗議がきている。いったい、どういうことなんだ……。ショックで、言葉が出ない。

翌日、また担任に呼ばれた。卒業生が職員室へ来て、お前に殴られたと訴えていったそうだ。もう私の手には負えない。明日は工場へ来なくていい。学校へ行くようにと言われる。

指示された会議室のドアを開けると、眼前に教師が七、八人ずらりと横に並んで腰掛け、中央に教頭、端に担任。ものものしい雰囲気の中で尋問が始まった。尋問というより、糾弾であった。

女学校から本校へ正式に抗議がきた。木暮という生徒が不良に、つまりお前にだ、目をつけられて怖い、なんとかしてほしいと訴え出た。待ち伏せて手紙を渡したんではないかという話も出ている。

卒業生の一人から、お前に殴られたと申し出があった。お前のバックにはやくざがついているから怖いと言っている。

お前はスカナオ組とかいう不良グループをつくって、工場の従業員と騒ぎを起こしたり、女子挺身隊員と付き合うなど、日頃の行いも悪い。

――あっけにとられて、なにから、どう言えばよいのかわからず、文雄は混迷し胸が詰まった。

「あのう、僕、木暮というひとにそんなことしていません。卒業生を殴っちゃいません」

そう言ったとたん、席を立った化学の教師にいきなり殴られた。左右の拳で数回、文雄の左右の頬骨のあたりを力いっぱい殴りつづけた。そして、

「何も、していないのに、抗議が、くるもんか。貴様、ようぬけぬけと、そんなことを……」

あえぎながらののしる。文雄はくらくらする頭で、これじゃ釈明しても到底信じてもらえまい。まるで罪人扱いじゃないかと、絶望し沈黙した。化学の教師は小柄で猫背、怒り肩で頬骨が高く、生徒からチンパンジーとあだ名をつけられており、その屈辱的なあだ名をつけたのが文雄だと思い込んで文雄を憎んでいるのだった。

部屋を出て行く時、あなたもなかなかやりますなあと、教頭が化学教師に話しかけるやや興奮気味の声に愉しそうな響きを感じ取り、文雄は傷ついた。

旅立ち

父兄召喚。父が学校に呼び出され、校長室で職員会議の結果を聞かされた。文雄も校長から直接言い渡された。〈一身上の都合により退学する〉である。退学処分による放校ではなく、退学届けを出して学校をやめる。なんだ、結局、学校へ来るべからずである。同じことじゃないかと思った。それでも、担任教師の弁解があって、自主退学の形になったのだと退学後に知る。

家でごろごろしたり、スカナオの連中と会ったりする無為の日々は退屈で、切ない。校長から息子の不始末を聞かされた日、文雄の顔を見てため息をついただけで、小言ひとつ口にしない父を見るのも切なく、気が滅入った。

小学生の時、学校近くの甲山の探検に行ったことを思い出し、同じコースを歩く。正午の時報を告げるサイレンの音の発生源、サイレン塔直下で耳にする音に度肝を抜かれ、花崗岩の石切り場の崖にある人面岩の近くで見つけた洞穴に宝物があるはずだと幻想を抱き、何度も何度も飽かずに調査した。何も出てきはしないのだ。それを承知で危険を冒してたどり着き、そこだここだと掘り返して楽しんだ秘密の場所。

懐かしい探検コースを歩いても空しさは癒されず、文雄は丘陵地帯を奥地へと三キロほど足を伸ばした。道路わきの急斜面を覆う雑草や笹、木々の茂みの中に、人間が行き来する痕跡を見つけて興味をそそられ、踏み入る。人ひとりやっと通れるほどの小径。笹をつかんでよじ登るような急坂を十分ほど進むとなだらかになり、ほっとする。

自主退学といったって学校命令で、結局は放校じゃないか。生徒が学校から下される処分の中で最も重いものが、学校から追放されることだ。退学処分は生徒にとって、いわば死刑だと思う。弁明も聞かず、よく調べもせずに退学とはひどすぎる。学校の先生なんて一方的で、いいかげんな人間だ。色眼鏡をかけて生徒を見、色眼鏡を外すことなく処分を決め平然としているのだから。

文雄は、教師への怒りと憎しみを持て余しながら奥へ奥へと歩きつづけた。勾配がせり上がり蛇行するコースを登り詰めると木々がまばらになり、青空が広がった。ぽっかり頭を出した小高い禿山の岩の上に立つと、はるか北に遠く波打つような山並み、南に遠く市街地が霞んで見えるパノラマの展望。文雄は思わず両腕を広げて深呼吸した。

木暮美沙紀は、突然、初対面の年上の女に岡工生が交際したがっていると聞かされ驚く。その生徒が養成工との乱闘事件を引き起こした不良グループのリーダーだと知り、青くなって職員室へ駆け込んだのだろう。待ち伏せられただの、ラブレターを手渡されたなどということは、だれかが想像して付け加えたに違いない。だって、そんなことはしていないのだから。

梶原ってやつは、とんでもない嘘つき、卑怯者だ。なんだ、あの土下座は。それだけなら許せるが、わざわざ学校へでたらめを言いに行ったことは許せない。はらわたが煮えくりかえる。馬鹿なお人好しの自分にも腹がたつ。

思いがけず未知の間道に分け入り、その先で展望台のような岩山を見つける〝探検〟の収穫を得て、いくらか気持ちが落ち着いた文雄は帰りの道々、迷うことなく進路を決めた。軍隊に入ろう。そして、死に花を咲かせよう。冷静だった。冷静ではあったが、しかし文雄にはまだ、死についても人生についても、じっくり考える思慮は備わってはいない。このままでは惨めすぎる。いいところを見せなくてはと思う短絡的な美意識が、若者はお国のためにこぞって戦場へと促す時流に結びついたというだけの、幼稚な決断だったと言えよう。

陸軍でも海軍でもいい。飛行機の操縦士になりたかった文雄だったが身体検査ではねられ、検査のゆるい日本潜水技術学校を受験し合格。

卒業生が全員海軍に入隊する軍関連学校への入校とあって、市役所兵事課は文雄を予科練などと同様、出征兵士に準じるものとみなして清酒二升の特配券や、入手が難しい国鉄長距離乗車券の優先購入証を発行して祝意を表してくれた。

六月二十日出発の日早朝、岡崎駅前に市電から降りた文雄を、スカナオをはじめ同級生全員と他クラスの一部生徒、合わせて六、七十人が拍手して迎え、駅頭で壮行式を始めた。文雄を中にして円陣をつくり、学帽持つ手を振りながら応援歌や軍歌を合唱、フレーフレー小高ァと声援するだけの単純素朴な壮行式。

「だれが呼びかけたんだろう。うれしいなあ」東京行き急行列車の座席で一人ひとりの顔を思い浮かべながら、文雄は流行歌の替え歌「さらば○○よ」を小声でつぶやいた。○○には何を当てはめるのも自由。

「さらば岡崎よ／また来るまでは／しばし別れの涙を隠し／声をしのんで心で泣いて……」で始まる、ちょっと哀調を帯びたメロディー。「さらば岡崎よ／また来るものか／しばしの別れじゃなくて一生の別れ……」などとつぶやくうち、寂しさ心細さがこみ上げた。

東京・月島から船に乗せられ、三浦半島の城ヶ島に近い油ケ壺湾へ。波静かな入り江の海辺に潜水学校の二階建て木造校舎があった。同じ日に入校した者が五十人、これに二週間前の入校者を合わせた百人近くが八期生で、ほかに六カ月先輩の七期生がおり、その前の六期生は先月、横須賀海兵団に入隊したという。

　校長は予備役の海軍大佐で駆逐艦の元艦長。文雄たちの学級担任ともいうべき班長は、海兵――海軍兵学校卒業後間もない年若い少尉だったが、エリート将校にありがちな武張ったところも威張ったところもない気さくな青年だったのは、救いだった。

　午前六事起床。陸軍の合図はラッパだが、ここは海軍方式の号笛《てき》。学校で体操教師が吹いていた笛と違い長さ十センチほどの円筒形で、音も違う。指を使って音色を変え幾通りもの意を伝える。

　二段ベッドから下り、洗面、着替え、校庭へ走り出て整列。この間十分以内。点呼、そして体操。ラジオ体操よりはるかにきつい独自の鍛錬体操で、ひと汗かく。次いで、教室など校舎清掃、それがすんで、やっと朝食。しかし、当番の者はそこでさらに調理場から飯、惣菜を運び配膳しなければならない。腹の虫を鳴らして席に着いているみんなの視線を浴びながら、丼に飯を盛りつける。飯のお代わりはないから、盛り付け具合は重大な関心事だ。

　せっかくの自由時間のかなりを、肌着、服、靴下など身に着けるものすべての洗濯に割かねばならないのがつらい。洗濯をしたことなど一度もなかった文雄は、気が滅入った。でも、どうしてもせっせと洗わねばならないのだ。理由は、虱である。虱がいるぞという同室者の話が信じられず、しかしあまりのかゆさに、まさかと疑いながら調べてみて、ゾッと鳥肌が立った。シャツ裏側の縫い目にびっしり虱が重なり合い、長い行列をつくっている。一カ所だけじゃない、他の縫い目もだ。広いところをうごめいているやつもいる。これじゃ手に負えやしない……。「バケツを持って調理場で熱湯をもらってこい。それで一挙に殺せる」と教えられ、その効果に笑顔を取り戻した。だが、ぬか喜びだった。自分の衣類、自分の体をきれいにしても、周りの人間から移動してくるのである。ベッドで寝具にくるまるのが恐ろしくなった。同室者全員が虱絶滅に力を合わせ、加えて学校がすべての寝具を煮沸消毒するなど大がかりな手を打たなければ解決しない。とても無理だ。文雄は家に帰りたい衝動にかられ、泣けてきた。

翌日から文雄は朝礼後、相模湾の向こうに見える富士山の方を向いて目礼するようになった。学校と富士山を結ぶ延長線上にぴったり岡崎が位置することを、日本地図で確かめての自分だけの朝礼である。

入校一週間後、やはり洗礼が見舞う。七期生に整列させられ、各分隊（十二、三人）ごとに一発平手打ちを食う。軍人精神注入の儀式だ。一発といっても十数人による代わる代わるのビンタだから、両頬とも腫れて熱くなる。予期していたことで、平静でいられたが、ずばぬけて大柄な、どこにいても目立つ二つ年上の巨漢が。態度がでかいと難癖を付けられて袋だたきされたのには、憤慨しあきれた。

しかし、例外があった。二週間前に入校した同期生の中に一人、怪力の持ち主がおり、わけもなく殴るのはけしからんと反抗。数人がかりで取り押さえようとするのをはね返し、五人掛けの長椅子をぶんぶん振り回して圧倒、一発も殴られずに切り抜けたという。あいつは豪傑だ、すごいやつだと一目おかれるようになっても淡々としている。色白の豊頬に大きな目、屈託のない笑みを絶やさぬ明るい穏やかな人柄と相まって、たちまち人気者に。校内相撲大会で優勝を決めた後、校長お声がかりで、文雄たちの班長と番外勝負をすることになった。少尉は海兵のとき相撲五人抜き、柔道部主将の猛者。ゆとりの笑みを浮かべて取り組んだが、たちまち真顔になり一進一退。

双方、投げ技も押し出しも利かず、結局、引き分け。文雄には、少尉に恥をかかせないため引き分けに持ち込んだと見えた。

ケタ違いの人間は流れに押し流されないばかりか、治外法権的な存在になってしまうという例を初めて見た。畏敬と好意を抱いた個性として、文雄の人物リストの中で異彩を放っている。

腕より太いオールを使う二十人がかりのカッター漕ぎをしたり、船体構造や推力の講義などにつづいて潜水訓練が始まった。教室で一週間、みっちり説明を受けた後、水深十メートル級の初歩体験へ。

ゴムと繊維合成の分厚い潜水服を着る。着るというより、すっぽり入る。顔と手が出ているだけだ。海中用の特製手袋をはめ、手首からの浸水を防ぐ。ばかでかい鉛製の靴を履かされ、あまりの重さにおろおろしているところへ、体の前面と背部に鉛板を装着させられ、船べりの梯子に誘導される。いよいよだ……。文雄は講義内容を反芻するのだが、現実の動きとかみ合わない。介添えされて梯子を一、二段上がると、さあ早くと言わんばかりに潜水冠が差し出される。ためらう時を与えず頭にかぶせられ、首の周囲の金属受け口にきっちりはめ込まれた。いよいよ船べりを越えて、海に入らなければならない。

兜と呼ばれる潜水冠をかぶった瞬間、文雄は、世界から隔絶され、密室に一人閉じ込められたような、痛烈な孤独感に襲われた。こんな重さではたちまち海底へ沈んでしまうだろうと、恐怖が頭いっぱいに広がる。眼前の丸いガラス越しに教官たちの顔は見えるが声は交わせない。音は何も聞こえない。いや、スーッスーッと繰り返す音——船と兜をつなぐ送気管から吐き出される空気音が聞こえ、そして兜をたたく音、潜水ハジメの合図だ。もう後戻りできない。

恐る恐る梯子から離れる。と、体がふわっと浮いて視界が流れ、青空と日差ししか見えなくなった。後ろへ半回転し仰向けになって浮いているのだ。なぜだ？　あんなに重たいものを着けたのに……。姿勢を正そうとするが、だめ。かっとなって動悸が激しくなる。大の字になって上を向いたまま動きがとれず、数秒、はっと気づいた。排気だ。文雄は、兜の内側、こめかみのあたりで押す排気弁で潜水服内部の空気調整をすることを忘れていたのだ。

首を傾けて弁を押す。体が斜めになり、まっすぐになり、そして、あっという間に落下するように沈み、海底に横たわる。立とうとするが、立てない。立つどころか、胸が水圧に圧迫されて苦しい。経験したことのない異常な息苦しさの中で立とうともがく。泥砂が煙幕のように上がって辺りが見えない。苦しい。絶望しかけたところで、はっと気づいた。排気弁を押しっぱなしにしている。潜水服内の空気が急減、水圧で服が収縮して胸を締め付け、浮力が落ちたから立つことができないのだ。

排気をやめるとすぐ体が起き出し、立ち、足が海底から離れる。一歩も歩かずに上がるわけにはいかない。もがき、下りようとするが逆に体はぐんぐん上昇して、すぽーんと海面の上へ飛び出して落下。大の字になって浮かびまた空を見る。しまった！　排気だ、排気……。

ほとんどだれもが経験する、この急降下、急上昇を繰り返す恐怖の洗礼を、生徒たちは「エレベーター」と名付けていやがったが、それでも二、三日後には、海中散歩しながら大小の魚やタコなどが遊泳し海藻ゆらめく夢幻風景を楽しく見回せるようになった。海底を歩くには、前傾姿勢を維持してつま先で歩くこと。歩きやすく、泥や砂をあまりかき上げないですむ。文雄は、この訓練で得た最大の収穫は「孤独に耐え、一人で決断し行動」しなければならない時が人間にはあるものだと知らされたこと。そしてその時、どう対処すべきか考えるきっかけを得たことだと思った。人間、しょせん自分一人なのだ……。

数日後、恐怖に耐え切れず学校を脱走した者が一人でた。さらに数日後、この訓練は魚雷を抱いて敵艦に接近して発射、撃沈する一人乗り特殊潜航艇乗組員養成のスタートなのだ。おれたちは出撃したら生還できない特攻要員なんだぞとささやく声を耳にする。文雄は本当かもしれないと思ったが、胸がどきどきするようなことはなく、そうなっても仕方ないさ、どうせおれは死に花をさかせるつもりでここへ来たのだからと思っただけだった。敗色が重苦しくのしかかる大戦末期の特殊状況下での若者のヒロイズムと、そして、まだ出撃（死）に直面していないがゆえの平静な反応だったろう。

空腹を満たすことが日々、最大の関心事だった。一日二合一勺の配給米もままならず、芋、豆粕、カボチャなど代替食品が含まれる一般家庭と違い、米に大豆が入っているだけの、うまい飯を丼で食べられる恵まれた食生活だったが、生徒たちには丼一杯の量は食欲をそそるものでしかなかった。ひもじさにとりつかれた彼等の、おそらく全員が裏山の野菜畑の野荒らし、学校調理場から漬物などを盗んだ経験者だろう。消灯後、ベッドのあちらこちらからポリポリ、パリパリ食べる音が奇妙な合奏のように響き、懐中電灯を手にした巡回教官の靴音が近づくと、ぴたっとやむ。遠ざかると再び……。青いトマトは硬い歯ごたえがあり、かじると高い音を発することを文雄は初めて知った。農家も学校も知っていながら見て見ぬふりをしていたのかもしれない。

校庭で散開し教練をしている最中だった。はるか向こう、海面すれすれを飛行していた単発小型機が急上昇して反転、機首をこちらへ向けた。こちらへ来るようだ。あいつはグラマン戦闘機だと気づいた文雄が「教官ッ！」と呼びかけるとほとんど同時に海面に白い水柱が立ち、水柱がぐんぐん迫ってくる。「退避ッ！」振り向いた教官が絶叫する。全員一斉にグラマンに背を向けて走り出す。水柱に替わって砂柱が追いかけてくる。その速さに対応する人間の走りののろさ、もどかしさ。特攻要員にされると聞いて驚かなかった文雄が、文字通り背筋の凍るような恐怖におののき、もがくように走った。足が重く、もつれるようだ。ただ、一歩でも逃げようと足を動かしつづけた。

時間の感覚が麻痺し、数分間の出来事だったような気がするが、走った距離を思えば十秒か二十秒だったろうか。グラマンは生徒一人と、学校裏山の防空監視哨の機関砲手二人の命を奪い、忽然と機影を消した。飛行機からの機銃掃射は、疾風《はやて》か通り魔のようで、応戦が間に合わない。文雄たちは歯ぎしりして悔しがったが、その一方で、ここまで敵機に入り込まれるようでは、日本はもうだめだぜと青ざめた顔を見交わすのだった。

八月十五日。朝、校長から正午前に全員校庭に集合するよう指示があったと班長が硬い表情で伝える。ラジオが早朝から、正午に重大発表があると繰り返し放送しているという。

正午、快晴。まばゆい夏の陽光。いつも校長が立つ演壇にラジオが置かれ、校長はそのわきで姿勢を正す。君が代の歌につづいて、それは始まった。

「……タエガタキヲタエ、シノビガタキヲシノビ……アニ、チンガココロザシナランヤ……」

雑音が入り、途切れ途切れに聞こえる、穏やかでちょっと間延びした語調の声の主が天皇陛下だという。拍子抜けに似た感情がこみ上げた。この人が絶対不可侵、大元帥で現人神の天皇なのか……。

日本は〝国体護持〟以外はすべて、連合国が突きつけたポツダム宣言に従い、無条件降伏すると国民に告げ、ともに耐え難きを耐えつつ、未曾有の国難に立ち向かって行こうと呼びかける〝玉音放送〟なのだという。

終戦の詔勅、つまりは敗戦。日本は負けたのだと生徒全員が受け止めた。

〈天皇の肉声をラジオで放送するという事態は前例がない。情報局次長のアイデアを情報局総裁が取り上げ、天皇に直接進言したとされる。玉音放送がなかったなら軍部が暴走するなど大混乱し、日本が立ち直るのは大幅に遅れただろうと、戦後、連合国側は評価している。ポツダム宣言受諾、玉音放送をめぐって閣議は紛糾。結局、御前会議で天皇自身が発言して一決し、各大臣号泣する場面で会議は幕を閉じた。この玉音のレコードを奪い、終戦を阻止しようとするクーデター派将校が天皇側近の近衛師団長を殺害、偽命令を発して近衛師団兵力を動かし、一時、皇居を占拠する一方、首相官邸やＮＨＫを襲撃。が、レコードを発見できず、間もなく鎮圧され、首謀者たちは自決した〉

学校裏山の防空監視哨、油壺湾に停泊中の小型艦船などに拠る海軍将校の一部が発砲して、戦争続行、本土決戦だと気勢を上げる騒ぎはあったものの、文男の周辺は静かだった。静かというより、虚脱状態が漂った。そんな中、休日外出のたびに足を伸ばしていた徒歩四十分ほどの、三崎町の医師が自殺したことに衝撃を受ける。民間人にして軍人並み、いやそれ以上に思いつめていた純粋な人がいたのかと、生徒たちは感動した。終戦に抗議したのか、前途に絶望したのか、あるいはまた、信じ続けていたものが崩壊したショックで錯乱したのかはわからない。

文男は、あの大地震の時と同じような混乱と不安にとりつかれた。立っているところが崩れてしまった。これから、どうしよう。どうしたらいいのだ……。

岡崎は空襲で大半が焼けてしまったらしい。両親とも無事のはがきが届いたが、詳しいことはまったくわからない。戦争が終わり、死なずにすんだという安堵感や喜びを文男が意識するのは、半年、一年後のことで、この時は混乱に揺れながら父母への思いに胸を詰まらせ、ひたすら岡崎へ帰りたいと思うばかりだった。

九月五日、岡崎の土を踏む。二カ月半ぶりに見るふるさとは無残な姿に一変していた。中心街が消滅し、焼け野原が広がっている。文雄の家は、焼け残った家並みの八十メートルほど手前で、赤茶けた瓦礫と化しており、やや傾いた粗末な立て札に現在の居所を知らせる墨書き文字が並んでいた。約十二キロ歩いてK村の農家、叔父の家に着き、両親と小学校二年生の妹、嫂——長兄の妻の顔を見ると、疲労が消え笑みが浮かんだ。文雄が家族に対して、それまで見せたことのない素直な笑顔だった。

二度目の招集を受けた長兄は任地が愛知県内だったため、同じ年の十一月に復員。次兄は南京郊外で終戦を迎え、揚子江沿いの工場跡に急ごしらえした収容所や上海近辺の農家に分散収容させられたりして、翌年三月に復員した。有刺鉄線に囲まれたり強制労働させられるようなことはなかったという。豚を飼い食肉を自給自足する自由を与えられる中、第五航空軍一万人は連絡を取り合い、もうひと戦争やろうと計画。皇族のトップを含む上層部の説得によって武器を捨てたのは、戦後一カ月だったと語った。

進駐軍、天皇の人間宣言、既成価値観の崩壊――。自信喪失と食糧不足、そして焼土。不安と混乱の戦後が始まった。

文雄は、百姓になろうと口にし、ちょっと勤労奉仕で野良仕事のまねごとをしたぐらいで何を言うやらと叔父に一笑に付され、絶句する。

七月二十日、岡崎空襲の夜、燃え広がる火の手が自分の家に迫り、避難したものの、人の流れの中で一人立ち止まり、汗と努力の結晶の小高屋が炎に包まれ焼け落ちる姿を見つづけていたという父の姿が目に浮かび、胸が痛んだ。これから、大丈夫だろうかと危ぶんだ。だが……。

こつこつ小まめに働くことだけが取り柄と思われた、寡黙で小心な父が、意外なアイデアと行動力を発揮して活路を切り開いていった。菓子製造業への未練を捨て、時流に合った新商売を始めて順調に収入をあげる一方、河川敷を開墾して野菜を作り食糧不足を補う。想像もしなかった父のたくましさ、したたかさに励まされて文雄は混迷から立ち直っていった。久しぶりに、馬の絵を描く父の姿を見るようになった。馬を飼ったことも競馬場へ行ったこともないのに、なぜか馬が好きで、駆ける馬、草を食む馬、親子戯れる馬、さまざまな姿態を素早く描くクロッキー。生き生きしている。三、四枚仕上げて、さっと気持ちを切り替え仕事に戻る。

焼け跡にまずバラックを建て、焼け残った近所の家を一軒借りて家族分散して住み、やがて本建築で新築し借家も買い取る。父は小さな成功者だと文雄は思う。

文雄、十八歳。街頭でばったり木暮美沙紀と出逢った。思い切って近づき、ひとこと――、

「僕が誰か覚えているか？　何をするかわからないおそろしい不良は、いま、まじめに働いていますから」

それが木暮美沙紀に話しかけた最初で最後の言葉だった。彼女の目は怯えを浮かべて立ちすくみ、それだけで、一語も発しなかった。

その二年前、菊池愛子は、木暮美沙紀のことについて文雄からなじられると「わたしの気持ち、おとなになったらわかるわ」とだけ言って口をつぐんだ。彼女の気持ちを問いただされぬまま、音信は途絶えている。

文雄の少年期は退学とともに終わり、戦後、新時代の始まりとともに青年期の幕を開けた。そして、復興に歩調を合わせるように、自分で決めた目標へ向かって歩きだす。拒絶反応を起こすほど嫌だった学校へも行き始めた。県立高校に定時制が新設されると一回生として入学。会社勤めをしながら通学する夜学生を高校、大学とつづける。

飛行機工場の学徒動員、大地震、退学、潜水学校、敗戦……。忘れようとして忘れられない終戦前後の忌まわしい思い出を、文雄はやがて、忘れてはいけない思い出なのだ、自分を支えてくれる貴重な体験なのだと見直すようになる。十年、いや、二十年先のことであるが。

小さな旅三題

鳥居峠

ひばりより上に休らう峠かな

標高一一九七メートルの鳥居峠にたたずんだ芭蕉が、ほっとひと息ついて詠んだ句である。しかし、二月の峠にのどかな安らいはない。ヒューヒュー吹きわたる寒風がからだを突き刺し、ふるえあがらせる。

木曽谷北部——長野県筑摩郡楢川村と木祖村の境。ここは木曽川、信濃川の源流をいだく中部日本の分水嶺だ。中央線藪原駅で下車、木曽村中心部の藪原本町を抜けて中山道をたどり、雪に埋まる山道を踏みしめ踏みしめ登る。峠まで三キロしかないが、標高差二七五メートルの急坂、二時間近くかかって峠に着く。そこに、こじんまりした御嶽神社と大小の石碑が烈風に耐えて、ひっそり建っていた。純白の雪面に人の足跡はなく、風が描いたほうき目のような線状と、野ウサギの足跡が印されているばかり。

木曽駒ヶ岳、御嶽、乗鞍……遠山、近山が連なり、しーんと静まりかえっている。いまきた村の中心部は山なみの底にあまりにも小さく、両側の山腹に押しつぶされそうだ。

四百余年前、木曽義昌がここで武田勢に大勝、野望に胸をふくらませたのも、ちょうど二月。ぼくは戦勝の記録よりも、木曽氏末期の姿に民衆がおそれ従った武家のはかなさ、哀れさを見いだし、心ひかれるのである。

天正十年（一五八二）正月六日、甲府の武田勝頼は木曽から駆けつけた密使の報せにがくぜんとした。あの木曽義昌が織田信長についたとは。

諸臣は「義昌は先君法性院（武田信玄）の姫を妻にし、おのれの母親と妹を人質に差し出している。まさか……」と信じない。だが勝頼は、密使が義昌夫人、自分の妹から出ていることに決定的なものを感じた。

「信玄公の厚恩を忘れ信長へ降参するとはあさましき限り。直ちに大軍をくり出し滅してくれようぞ」

威丈高に大声をあげる武田からの使者の口上。

それを聞く義昌の胸中に、信玄の尊大な顔が浮かび、父義康とともに甲斐軍と戦い、ついに降伏、和を請うた二十七年前の屈辱がよみがえった。あの時おれは十六歳。木曽を従えた信玄が、盟約を不動のものにしようと娘をおれにめあわせた……。

いまは信玄なく、おれの後には勝運にのる織田がいる。いまをおいて武田をたたく機会はない。手をつかねていては栄達の門は開かないのだ。

義昌は使者の首をはねた。

勝頼は武田信豊を将として二千余騎を率いさせ進攻。主力を藪原におき、鳥居峠に三千騎ばかりの見張りをひかえさせた。甲軍の主力は奈良井峠（信濃川の最上流）をさかのぼって藪原の背後に回り、一手は峠の正面をめざす。藪原の木曽軍は鳴りをひそめて峠に主力がいるように思わせ、藪原へ下りてきた敵を峠下の青木ヶ原に誘い込んだ。

甲軍主力は、正面から峠に向かっている友軍と挟み撃ちにしようと、深雪にあえぎながら青木ヶ原を進んだ。そこへ藪原の木曽軍が殺到した。風雪に鍛えられ山岳戦になれた木曽兵の奇襲に遭って、甲軍は壊滅。古書に「さしも深き谷なれども人馬多く落ち入りて平地となる」とある。

勝頼は春を待たず、同じ月内に再び戦いを挑むのだが、鳥居峠の要害を利して意表をつく木曽兵の巧妙な戦術にひっかかり、またも敗走した。「首帳に記載されたるところの首級百十五」と記されている。

この時、信長は諸将に命じて甲斐総攻撃の兵を進めていた。義昌はこれに合流して松本へ足をのばし深志城を落とす。

三月十一日、勝頼は甲府の城を捨てて天目山に入り自害。ついに天下の武田氏は滅んだ。人質となっていた義昌の母と妹もまた、はりつけの惨刑に処せられて果てた。

大いに武名をあげた義昌は信長に称賛され深志城主に栄進、信濃の中央部、筑摩と安曇両郡を領有する身となり喜びに酔った。

だが……。

この年六月二日、信長が本能寺で明智光秀に暗殺され、信濃はたちまち主なき動乱の地と化した。義昌はわずか三カ月足らずで深志を奪われ、逃げるようにして木曽へ帰ってきた。その後のめまぐるしい変転。ただ天険を擁するというだけで兵力も物量も貧弱な木曽氏が乱世を生き抜いていく道は、より有力なものにつく以外にない。

同年八月、徳川家康に忠誠を誓い、天正十年初めには天地神明にかけた起請文をほごにして豊臣秀吉の幕下に馳せ参じた。そして、藪原の地や本拠福島、木曽南部で徳川方の部隊と激戦を繰り返すのだが、小牧の陣で家康とにらみ合った秀吉は家康と手を握ってしまう。

秀吉が小田原の総攻撃を始めると、義昌は家康の旗下に属して出兵、戦後の行賞の結果、義昌は下総の網戸（千葉県旭市）に一万石の領地を与えられて移住した。そして、全関東の支配者となった家康のもとで浮かぬ日々をおくり、五年後、五十六歳で波乱の人生を終わった。

さて、これを境に舞台は悲劇となる。

義昌の子義利は、父の遺品「信長拝領のくつわ」を叔父が横取りしたと怒って殺したり、小姓が愛妾と密通したといって二人を牛裂きにするなど暴挙が多く、家康に大名の地位を没収されてしまう。

義昌未亡人は末子義通を連れてひそかに木曽へ帰ったが、すでに木曽は秀吉の直轄地となって様相は一変。没落した旧主を盛り立てようとする者はいない。鳥居峠の合戦からわずか十五年、僻村のわび住まいを嘆く母子に時運は冷たく、木曽氏は滅びてしまうのである。

――いかほど義昌めをかけられ候ものどもおおく候へどもそのおんをわすれ、一門かくのていにまかりなり候事くちおしきしだいに候、ほん国にいたるまであいはなれ一しほむねんに候、きでん才覚いたされ谷中こころをあわせ奉公候やうたのみ入候、ほんにおいてはのぞみにしたがい、きんと可申付候――

幼少の義通の筆とみせて彼女が、旧家臣に書き送った切々たる手紙の一部だ。「あなたの才覚で木曽谷の衆が協力し再興を図るよう、お願いします。そのあかつきには、恩賞はきっと望み通り差上げましょう」

失地回復を請い願い、支配権勢の座を取り戻そうと、誇りも恥も捨てて訴える姿は哀れである。

いや、哀れなどという単純なものではない。この時代、武家の未亡人は亡夫の代りに家を盛り立て、家名を高める義務を負っている。名家であればあるほど、その思いは強い。その執念を果たし得なかった無念を思う。

彼女が木曽氏から去らずにいたのは、実家の武田氏が消滅してしまったからだろうか。我が子の成長に夢を託すことが生きる目的となっていたからなのか。

さらにまた思う。彼女は勝頼に密使を送っているが、そのような重大な背反に、夫義昌は気づかなかったのだろうか。

「五十年ばかり前、青木ヶ原で畑仕事をしていて、ぼろぼろに錆び朽ちた刀を見つけたよ」――同行してくれた木祖村観光協会の役員さんがつぶやいた。そして「ここで時代劇映画のロケをするといいなあ」と連想を追う。ぼくが「もっと案内の標柱や看板を立てたり、外に向けての広告宣伝に力を入れたり、アピールしては」と提案すると、即座に「雪が消えると、ちゃんとする手はずで……」と、弾んだ声が返った。

四百年前の木曽谷の支配者の栄光と没落の悲劇が、いま「観光資源」として村に収入をもたらす人の世の回り合せに感激を覚える。

もっと広告宣伝をと言っておきながら、帰路は別のことを思った。全国津々浦々、官民挙げて観光、観光と唱え、人の行き来が繁くなった結果、活気は得られたが手あかもついてしまった。外来客目当ての施設やら店やらができ、住民の意識が変わり目の色が変わった。俗化というやつである。鳥居峠は、あるがまま、あのままそっとしておきたい。そう思ったのだが、感傷であろうか。

呉羽山・盤若野

暑い。北陸という字づらからは、ひんやりしたものが連想されるのだが、北陸の夏は湿度の高さも加わって、じわじわとねばりつくような暑さである。神通川を隔てて富山市街を東方に見おろす呉羽山に立つ。標高わずか一四〇メートル余りの山、というより平野にいくらかせり上がった丘陵。富山県を呉東《ごとう》、呉西の二つの地域に分けて呼ぶ慣習のあるのは知っていたが、同じ北陸の石川県の加賀と能登、福井県の越前、若狭のように旧国名の背景がないだけに、ちょっと奇異な感じをもっていた。それが呉羽山へきて、なるほどと得心できた。この丘陵は海岸付近から山手に向かって県中央を南北に走り、越中平野を東西に二分している。呉羽の東すなわち呉東、西は呉西、まことに自然である。

だが、現代では、この呼称が、当の富山県人の間で存在理由を希薄にしつつあることも知った。それはともかく、きょうの舞台は寿永二（一一八三）年五月九日にさかのぼる。

権勢をほしいままにしてきた平家に、頼朝以上の脅威を与えたのは木曽義仲である。全国各地に反乱の動きが現れ、病床の清盛が気をもんでいるおりもおり、信濃の国木曽谷の雄、義仲挙兵の報せが伝わった。

義仲は「東山、北陸両道を従え、一日も早く平家を攻め落として源氏の天下を取り、日本に二人（頼朝と二人）の将軍といわればや」の大志をたて着々と進撃。北陸へ攻め入った。平家は越後の城太郎助長に迎撃させたが敗北。養和元（一一八一）年、清盛の甥《おい》、平通盛が北陸追討軍を率いたが、越前、加賀の武士から強い抵抗を受け、進撃を断念。翌寿永元年は全国的な飢饉で両勢力とも対策に追われて休戦状態に終わる。

同二年、雪解けとともに平家は維盛を総大将とする十万の大軍を派遣、越前、加賀を平定し、平盛俊を将とする五千騎が先発隊となって越中に進んだ。越後の国府にいた義仲は、早馬で駆けつけた富樫氏からの急使でこれを知ると、すぐさま四天王の一人今井四郎兼平に進攻を命令、兼平は六千騎を引き連れ黒部川、神通川を渡り呉服山（いまの呉羽山、御服山とも言った）に布陣する。偵察の報告により、平軍が盤若野で休止したまま少時進む気配なしとみてとった。

先手を打とう。兼平は夜明けを待たず、ひたひたと接近した。距離約十二キロ。朝もやの中から歓声をあげて押し寄せる源軍。平軍もときの声をあげて立ち上がった。

源平盛衰記「盤若野軍《いくさ》の事」には「五月九日卯の刻（午前六時）、源氏六千余騎白旗三十旒指し上げ喚き叫んで盤若野に推寄せたり。平家も鬨《とき》を合わせて散々に戦う。寄せつ返しつ切っつつ切られつ息をも継がせず馬をも休めず未刻（午後二時）まで戦ひたり。夕に及びて平家禦《ふせ》ぎかねて引退く。源氏勝つに乗って追かけたり」とある。二千余騎を失い、夜に入って砺波山の倶利伽羅峠を越えて加賀の本隊へ逃げ帰った。

平家方にも戦略家はいた。僧の斎明という側近が「木曽はまだ越後にいる。わが軍は越前、加賀を従え勢いにのっている。足をのばして越中、越後境の難所、寒原を占拠すべきだ。敵を越中に入れては一大事。この難所を手中にすれば必ず食い止められる。何としてでも越後をわが手に」と力説した。この進言で盛俊は盤若野に進出したのだが、肝心なところで兼平に先を越されてしまった。

盤若野は青々と水田がひろがり、人影もまばらで静まりかえっていた。何の変哲もない田園。高岡から戸出を経て庄川の長橋、中田橋を渡ると中田町。中田町の盤若野は、中田に合併するまでは般若野村だった。中田中学校で校長先生や歴史の先生と話し込んでから町役場へ。教育長さんと会い、歴史編纂の話を興味深くお聞きする。だが、ここでも盤若野合戦の史料はほとんど得られないという。

役場から県道を二キロ近く東へ行った小杉町寄りの町はずれに「弓清水」と名づけられる旧跡がある。ここが「盤若野の古戦場」という標識を掲げる唯一の地である。

盤若野へ向う途中、のどのかわきを訴える将兵を見た義仲が愛用の強弓を引きしぼり、丘のすそに矢を射込んだ。そこから清水がこんこんとわきだした、という。

「義仲の軍勢がここを通ったいうても、大将は今井兼平で、義仲自身はこなかったはずですちゃ」

いくら強弓といっても、ボーリングのような威力を発揮するはずはあるまい。

「旭将軍弓水碑」と彫った石碑が杉の古木のかたわらに建てられ、その下あたりからきれいな水が盛り上がるようにわき出している。四角に石枠が組まれて池のようだ。手を入れると実に冷たい。思わず顔を洗い、ひと口飲む。この水がすぐ下の料理屋に導かれ、ソウメン冷やしなどに活用されている。碑文の末尾に元治元年と刻まれている。一八六四年、幕末に建立されたものと知れる。

まあ、義仲が来ようが来まいが、たんたんたる田んぼ続きの一角にこんもり茂る杉木立ちと、清水のわくオアシスが現存することは楽しい。八百年ほど前、義仲の弓矢が誘い出した清水が今に涸れず人々ののどを潤しているとみたほうが、夢があってよろしい。町史の中ではともかく、教育長さんとぼくの間では意見の一致をみた。

盤若野から敗走した平軍は、その二日後、一門の総力を挙げた十万の主力で義仲の本隊五千の軍団と対戦するのだが、完敗してしまう。世に有名な倶利伽羅峠の「義仲、火牛の計」の場面を迎えるのである。

盤若野の戦いは倶利伽羅峠の前哨戦にすぎなかったが、盤若野でもし平軍が勝っていたら、倶利伽羅の敗戦はなかったかもしれない。

義仲は京へ上がって官軍となり、平家に朝敵のレッテルをはりつけ、積年の大志を実現する。ところが貴族から山育ちの無骨者と蔑すまれ、信濃、北陸からついてきた兵たちの粗暴な振る舞いが悪評に輪を掛けて結局、失脚。ついには従兄弟の頼朝の軍勢に攻められて落命し、苦楽をともにしてきた兼平もまた、自殺してしまう。

そして今日、気楽な旅行者のぼくに「哀歓の詩《うた》。戦乱の世の典型だね」のひとことでしめくくられる。

倶利伽羅峠

くりからとうげ、倶利伽羅峠――口にしてもおもしろく、字づらがまたおもしろい。それに少年時聞かされたり読んだりした義仲の奇襲戦法、火牛の計の鮮烈、痛快なイメージもあって、ぼくはかねがね倶利伽羅峠を訪ねたいと思っていた。

国道8号線の坂をうねうねと上りつめた富山、石川両県の県境、天田峠にたどり着くと「史跡・倶利伽羅峠古戦場」と大書きした標柱が目にはいる。ここから山道を一キロ余上がると、ペンキ塗りの案内絵図が立っている。津幡町（石川県河北郡）青年団協議会と小矢部市（富山県）連合青年団の名が仲良く並記され、いかにも県境らしい。絵図を頼りに歩くと要所々々で親切な案内標識に助けられる。そのほとんどを両青年団が連名で設けている。

この地一帯は寿永二（一一八三）年五月十一日、木曽義仲と平維盛の源平合戦が行われた古戦場で、ここ猿ケ馬場には平家方の本陣があった。芭蕉が元禄二（一六八九）年に通ったと奥の細道に記されている。

義仲の寝覚めの山か月かなし

旧北陸道沿い、ブナ林に囲まれたところ。反対側は谷。三百メートルほど隔てて「源氏が峰」がある。青年団の案内記は「谷に向かって左手に見える山頂の平らかな山は平家の第一線陣地であったが、源氏が火牛の計などで攻め落としたので源氏の峰という」と教える。

峰の下の渓谷に平家の将兵がなだれ落ちた。谷底を流れる膿川《うみかわ》の名は、るいるいたる死体から出るウミが流れを汚したことによるものと伝えられている。もののふの本に「五月雨のころになると、谷からむせぶような哀恨のうめき声が聞こえ、地獄谷と称せられる」とある。だが、今日見る地獄谷は、万余の人馬をのみ込んだ谷という険しさや凄みはない。全山わきたつようなヒグラシの鳴き声。ちっぽけなぼくの体に降り注ぐ音の嵐のようなセミの声に「哀恨のうめき」は感じられなかったが、むせるような季節の波動に圧倒され、しばし忘我の境に浸った。

治承四（一一八〇）年八月、源頼朝が東国伊豆に挙兵し、同十月富士川に平維盛の軍勢を破って源氏再興ののろしをあげた。時を同じくして九月、信濃木曽谷で従兄弟の義仲が挙兵し、反平家勢力を鼓舞しつつ北陸への進出を図った。平家がたのみとする九州、四国でも背く武士が相次ぎ、反乱の飛報が病床の清盛を脅かす。平家一門の総帥として並ぶ者のない権勢を誇示し栄華を極めた清盛も、晩年は貴族、武士階級から孤立、しかも悪性の熱病にとりつかれ、苦痛と絶望にもだえながら「頼朝、義仲の首を墓前に供えてくれ」と遺言して他界した。養和元（一一八一）年二月四日のことである。

清盛の死は平家の危機をいっそう深刻にした。後継ぎの宗盛は大きな組織を統率していける人物ではなかったし、全国五百カ所の荘園も現地支配者である荘官の離反で兵糧補給源としての機能を失い、地方の武士団を手なづけ組織していくすべをなくしつつあった。

衰亡の危機に脅かされる平家と、全国的な打倒平家の気運を背景とする源氏。これが両軍将兵の戦意に影響しないはずがない。部隊の規模が大きいほど両者の戦力の差を著しいものにした。義仲は養和元年と翌寿永元年の二度、越後の城太郎助長を破って北陸進出に成功、三千の精兵で越後の国府に入り、兵を諸国に募る。これに応じて越中、能登、加賀、越前の諸豪族が馳せ参じ総勢五千。天をつかんばかりの活気に満ちた。

京都の維盛は何としてでも義仲を討伐し、威令回復を図ったうえ頼朝に当たろうと、寿永二年四月、源氏追討の部隊編成を急いだ。

ある杣《そま》山に杣人徴用の指令がきた。杣人たちはこれまでもたびたび徴兵されかかったが、そのつど免除してもらってきた。

「わしらは刀も弓も持っておらず、いくさの役にはたちません。この山から八割ものきこりを連れていってしまうとは、あまりにもひどい。命令を停止してくださるよう」と懇願して抗議したが、今度はついに聞きいれられなかった。

義仲討伐に出発した十万の大軍の多くは、このように、むりやり駆りたてられた雑兵たちだったのである。おれたちに何の関わりもない合戦なぞくそくらえだ。早く妻子のもとへ、親のもとへ帰りたい。

厭戦気分をひきずった軍勢が京都を後にして一カ月、兵士たちは、居丈高に号令し怒鳴り散らす馬上の将たちを疲労の色濃いうつろな目で見上げながら「早く郷里へ帰るには、合戦が始まったら逃げ出して負けいくさにしてしまうことだ」とささやき交わしたことだろう。

十一日朝、倶利伽羅峠に着いた維盛は、下方にはためく源氏の白旗を見やりながら「ここは四方断崖絶壁にして接近しがたい天然の要害たり。この天険を利して敵に矢種を尽くさしむべし」と側近の武将たちを鼓舞した。

やがて両軍三、四百メートルを隔てて対陣、源軍が十五騎を出して矢を射かけると、平軍も十五騎を繰り出して射かえさす。百騎を出せば百騎をと小競り合いするうち日が暮れる。

平軍は夜襲を警戒していた。警戒してはいたのだが、長途の行軍の疲れでつぎつぎと寝入ってしまう。源軍はじわじわと近寄り、三方からほら貝を吹き鳴らし喚声をあげ、角にたいまつをゆわえつけた火牛を放って一斉攻撃を仕掛けた。

平軍のろうばいと混乱を、平家物語をこう記している。

「……山も河も一度にくずるるとこそ聞こえけれ。前後より敵は攻めくる。返せや返せというやから多かりけれど、大勢の傾きたったたるはとって返すことのむずかしければ、後の倶利伽羅谷へわれ先にとぞ落ちゆきける。親落とせば子も落とし、兄が落とせば弟も落とし、主落とせば家の子郎党も続きけり。馬には人、人には馬、落ち重なり落ち重なり、さばかり深き谷一つを平家の勢七万騎でぞ埋めたりける」

『源平盛衰記』には

「平家一万八千余騎、十余丈の倶利伽羅ケ谷をぞ馳せ埋みける」

とある。

このあたりの道は路肩が崩れ落ちて通行不能の個所もある。付近に住む農業兼お菓子屋さんに聞くと、最近北陸を襲った集中豪雨の被害だという。ここ津幡町倶利伽羅には二十戸、数十人の町民が暮らしている。小矢部市側はかなり下らないと人家がない。

ジュースを注文してあれこれ話し合ううち、こんな嘆きが聞かれた。

「平地でも農業は食っていけんのに、ましてて田んぼがあっちの谷にちょっこり、こっちの谷にちょっこりの農家はだめや。若いもんはみんなよそへ行ってしもうて。今度の水害で耕地全滅の家もある。山があるというても、今じゃ炭焼きしたって食べていかれずで、まあ、ここはほかの土地と肩を並べていかれんもの。えらいこったねえ……」

二カ月前に崩れた道の復旧は、いつのことになるのだろうかと思いながら、峠を後にした。

あとがき

妻のことにふれないわけにはいかない。

八十四歳、結婚六十一年。苦労、心痛をかけつづけてきた。入籍は一九五六年（昭和三十）だが結婚したのは前年の十二月だと思っている。

十二月、愛知県から福井県へ転勤。赴任する日、東海道線岡崎駅プラットホームで、見送りに来た彼女と語り合うひととき。列車がすべりこむ。乗降口の上と下で別れを惜しみ、ひとこと、ふたこと言葉を交すうち、発車。が、別れの儀式は終わらなかった。彼女が乗り込んでしまったのだ。列車はスピードを上げ、もう下車できない。

福井へ着くと愛知とは一変、冷たい冬の雨に街が暗く沈んでいる。暗い男の顔を見つめる離れたくない女心。彼女は帰らず、その日から二人一緒の生活が始まった。だから、その日が結婚記念日。以来、延々、不良亭主の身勝手な言動に耐え、よくもまあ共に歩きつづけてくれたものである。

女は若くてやわらかな容姿でいられるうちが花。衰えが目立ちだしたら女でなくなると口にしてはばからなかった。それが、しわだらけの手、歯抜けの口を見て拒否反応なし。いとおしい。歩行不自由な姿を目にしてもいとおしいのだ。やっと夫婦になったのだなと思っているこのごろである。

[著者略歴]
岡田　光能（おかだ　みつよし）
1929（昭和４）年、愛知県岡崎市生まれ。
旧制中等学校４年時、誤解から不良生徒とみなされ強制的自主退学、海軍関連学校へ。２カ月で敗戦、帰郷。
働きながら夜学生、単位不足で通信課程を合わせ、５年がかりで高校卒。愛知大学中退。
中日新聞社の愛知、福井、石川、長野、富山などの支局、名古屋本社、北陸本社編集局婦人家庭部、報道部などで外勤、内勤記者。1995（平成７）年退職。中日新聞関連会社役員など。
（現住所）愛知県瀬戸市東山町 18－15

スカナオ哀歓始末

2016 年 5 月 27 日　第 1 刷発行　　（定価はカバーに表示してあります）

著　者　　岡田　光能
発行者　　山口　章

発行所　名古屋市中区上前津 2-9-14　久野ビル
振替 00880-5-5616 電話 052-331-0008
http://www.fubaisha.com/
風媒社

＊印刷・製本／モリモト印刷
乱丁本・落丁本はお取り替えいたします。
ISBN978-4-8331-5307-2